# 이 책을 읽을 독자들에게

사랑은 개체를 통해 전체를 발견하는 일. 이 책은 한 생명을 온전히 사랑함으로써 온 세상을 발견하는 작은 기적에 대한 이야기들입니다. _김하나

오직 하나의 존재만을 사랑했대도 그 사랑은 거기에서 그치지 않습니다. 얼굴 있는 모든 존재는 서로 닮았으니까요. 누군가를 사랑해본 사람은 그와 닮은 얼굴을 결코 지나칠 수 없습니다. 어느새 너무 잘 헤아리는 사람이 되어 있기 때문입니다. 헤아리는 사람은 그를 위한 일을 기꺼이 합니다. 그러느라 더 슬퍼지고 더 번거로워지고 더 강해집니다. 우리는 사랑 때문에 새로운 우리가 됩니다. 나밖에 모르는 나로부터 자유로워지는 변화입니다. 이런 자유를 주는 건 사랑뿐입니다. _이슬아

지금 당신의 손 가까이에 반려동물이 있다면 그를 안고 쓰다듬으며 우리 이야기를 들어주었으면 좋겠습니다. 사랑할 줄 알고, 돌볼 줄 아는 이들이 끝내 승리하도록. _김금희

『다름 아닌 사랑과 자유』를 통해 많은 유기 동물들이 편안하고 안전한 쉼터를 가질 수 있다고 생각하니 상상만으로도 마음이 따뜻해집니다. 책을 읽는 사람의 마음이 현실의 구체적인 변화를 가능하게 한다는 건 얼마나 멋진 일인지. 작은 생명을 존중하고 사랑하는 마음은 그 마음만으로도 사람을 치유한다고 생각해요. 이 책이 유기 동물들에게는 소중한 집을, 독자들에게는 사랑의 마음을 전해주기를 설레는 마음으로 바라봅니다. _최은영

반려동물과 함께한다는 것은 사랑하는 법을 배우는 일입니다. 당신 곁에 한없이 맑은 얼굴로 앉아 있는 사랑의 스승이 소중하다면 부디 이 책을 누군가에게 선물하시길. 그것이야말로 당신이 배운 사랑을 실천하는 가장 손쉽고 구체적인 방법일 테니까요. _백수린

유기 동물을 생각할 땐 잠시 나를 잊게 됩니다. 그 시간이 너무 짧아서 부끄러웠는데, 내가 아닌 다른 이를 생각하는 몇 초의 시간이 쌓여 많은 것이 바뀐다는 걸 알았습니다. 이 책을 읽게 될 사람들도 그렇게 시작했으면 좋겠습니다. _백세희

동물이 행복한 세상에서 사람이 불행할 수 있을까요? _이석원

같은 마음을 갖고 세상을 바라보는 것이 연대의 시작입니다. 함께 마주해주세요. 어디서든 가깝게 연결될 수 있음을, 사람보다 맑은 눈을 가진 친구들은 이미 알고 있답니다. _임진아

'그래도 부족하겠지만…… 나를 한 백 명 정도로 복제해서 백 마리의 가여운 개와 고양이를 보살피며 살아도 좋을 텐데……' 하고 종종 생각합니다. 백 명의 내가 이 책을 한 권씩만 사도 좋겠네요! _김동영

다름 아닌 사랑과 자유

# 다름
아닌
사랑과
자유

김하나
이슬아
김금희
최은영
백수린
백세희
이석원
임진아
김동영

# love&free

문학동네

# 다름 아닌 사랑과 자유

# love & free

차례

콩돌이 이야기
———————————
개의 슬픔
———————————
설명해줄 수 없다는 것

김하나

콩돌이
이야기

콩돌이
이야기

나는 어릴 적부터 개만 보면 좋아서 어쩔 줄 모르는 아이였다. 아무리 큰 개라도 겁내기보다는 다가가 만져보고 싶어했다. 명절에 큰댁에 가면 마당에 커다란 독일 셰퍼드 '매이'가 있었는데, 우리가 대문을 열면 반가워선지 컹컹 짖으며 겅중겅중 뛰었다. 뒷발로 일어선 매이는 큰아버지보다도 커 보였다. 오빠는 그 모습을 보면 새파랗게 질려 쏜살같이 집안으로 달려들어갔는데, 나는 그러지 않고 매이를 조금 더 보려고 서성였다. 어른들이 얘기 나누는 동안 나는 혼자 마당에 나와 매이에게 말을 걸고, 혹시 물릴까봐 두근거리는 마음을 누르며 조심스럽게 매이의 얼굴을 만져보았다. 매이는 나의 손길을 가만히 허락해주었다. 가까이서 본 매이의 갈색 눈은 날카롭고 영민해 보였으며 갈색과 검은색 털로 덮인 뾰족한 주둥이와 늠름하게 선 귀가 더없이 근사했다. 까맣고 촉촉하고 네모난 코로부터 뒤통수까지의 길이는 당시 내 팔 전체 길이와 비슷했을 것이다. 나중에 듣기로 매이의 본명은 '용맹이'이며 경상도식 압축법―이름 끝자를 조금 성의 없이 부른다―을 통해 매이가 되었다고 한다. 큰댁은 어촌에 있어서 바닷가의 습기 때문에 장판 바닥이 늘 끈적한 곳이었다. 매이가 쇠사슬로 묶인 시멘트 개집 근처에선 매이의 똥오줌 냄새와 끈적한 습기를 머금은 개털의 냄새가 뒤섞여 코를 찔렀다. 하지만 냄새는 상관할 바가 아니었다. 나는 개라는 존재의 아름다움과 굳건함에 완전히 마음을 빼앗겼다.

나는 집에 있는 백과사전의 '개' 항목을 읽고 또 읽었고 세계의 견종들을 나열한 사진 도판을 다 외울 정도가 되었다. 마스티프, 도베르만, 페키니즈, 파피용, 바셋하운드…… 크고 작은 개들은 참으로 다르게 생겼지만 제각각의 이유로 다 사랑스럽고 멋졌다. 언젠가부터는 나만의 강아지를 갖고 싶다는 열망에 사로잡혀 부모님을 조르고 또 졸랐다. 어린이들이 다 그렇듯, '제가 목욕시키고 밥도 챙겨줄게요'라는 공약도 내걸었다. 초등학교 4학년 겨울방학이던 1987년 2월, 갑자기 운명이 찾아왔다. 엄마가 외투 속에 넣어 데려온 까맣고 조그만 치와와 강아지. 아파트 단지의 어느 집에서 태어난 새끼를 알게 되어 데려온 거였다. 수컷이었고 당연하다는 듯 '콩돌이'라는 이름이 붙었다. 그도 그럴 것이 콩돌이는 정말 까만 콩자반같이 생겼었다. 털이 짧아 몸의 골격이 다 드러났는데 특히 두개골이 여리고 동그랗고 아주 작았다. 까맣고 짧은 털로 덮인 탁구공 같았다. 콩돌이를 떠올리면 항상 파들파들 떠는 모습이다. 털이 짧고 살가죽이 얇아서 추위를 많이 탔고 예민했다. 껴안고 있으면, 파들파들 떠는 콩돌이 때문에 내 가슴팍이 함께 진동했다. 콩돌이는 전기스토브를 좋아했고 나는 콩돌이를 좋아했다. 잠들기 전 전기스토브 앞에서 뱅글뱅글 돌며 자리를 잡는 모습, 잠든 개에게서만 나는 구수한 냄새, 나갔다 돌아오면 귀를 젖히고 파들파들 떨며 오백원 동전 크기로 동그랗게 만 꼬리를 분주히 왔다갔다하던 것, 내

손가락만큼 가느다란 종아리 위로 작은 닭다리처럼 붙어 있던 뒷다리 근육, 그 뒷다리를 들어 귀 뒤를 긁을 때 눈물이 맺히며 가늘어지던 눈매, 조그만 주둥이로 맛있는 걸 먹을 때 나던 야무진 찹찹 소리, 어느 날 바닥에 떨어져 있던 콩돌이의 이빨이며 수염, 호를 그리며 굽어 있던 까맣고 단단한 발톱…… 나는 콩돌이를 통해 '개'라는 세계에 구체적으로 접속하게 되었다. 그 시절의 기억은 무엇도 선명하지 않지만 콩돌이에 관한 것만은 다르다. 나는 사랑하는 대상의 구석구석을 오래도록 열심히 관찰했고, 그것은 인장처럼 내 마음의 곳곳에 또렷이 찍혀 있다. 동물을 사랑함은 시절과 세계를 풍요롭게 하는 일이다.

그러나 나는 개를 사랑하기만 했지 내걸었던 공약과 달리 목욕과 밥 챙기기, 똥 치우기는 나 몰라라 했다. 그 모든 건 엄마의 몫이 되었다. 그리고 안타깝게도 우리 가족 모두는 개에 대한 사랑에 비해 지식이 부족했다. 인터넷도 없고 집 근처에 동물병원도 없던 때였다. 입 짧은 콩돌이가 뭘 잘 먹으면 다 줬다. 내가 지금도 후회하는 것이 콩돌이에게 초콜릿을 많이 먹인 것이다. 지금은 개에게 초콜릿이 치명적이라는 걸 알지만 그때는 몰라서 수시로 줬다. 사료가 지금처럼 다양하게 잘 나오던 때도 아니었고 그나마 구하기도 어려웠다. 콩돌이는 사람 먹는 음식을 먹었는데 점점 그 입맛이 까다로워져서 나중에는 돼지고기도 안 먹고 소고기만 먹게 되었다. 엄마가 프라이팬에 소고기를 볶아 콩돌이 밥을 만들고 있으면 오빠와 내가 옆에 서서 "엄마 한 입만" 조르곤 했다. 콩만한 콩돌이의 조그만 소화기관에 감당하기 힘든 것들을 계속 준 탓인지 콩돌이는 오래 살지 못하고 내가 중학교 2학년 때 장염으로 무지개다리를 건너고 말았다. 우리 가족은 콩돌이를 애지중지했지만 결국 애정과 무지로 콩돌이를 서서히 죽여간 셈이었다.

그날의 모든 것이 슬로모션처럼 생생히 기억난다. 그즈음 콩돌이는 아파서 비상약으로 우황청심원이나 구심 같은 것도 먹었는데 잠깐 상태가 좋아지는 듯도 했지만 지금 생각해보면 그 약들이 콩돌이에게 또 얼마나 독했을지. 학교에서 돌아왔는데 병원에 다녀왔어야 할 콩돌이가 안 보였다. 왔냐고 인사하는 엄마의 기색이 심상치 않았고 눈도 빨갰다. "콩돌이는 어디 있어요?" 엄마는 나와 눈을 제대로 못 맞추고 말을 얼버무렸다. "응, 콩돌이 어디 좀 갔다." 나는 방에 들어가 가방을 내려놓은 뒤 심호흡을 하며 작게 혼잣말을 중얼거렸다. "아닐 거야, 아닐 거야……" 방에서 나온 나는 짐짓 태연하게 엄마에게 다시 물었다. "콩돌이 병원 갔어요?" 그러자 엄마가 나를 와락 끌어안으며 엉엉 울기 시작했다. "하나야…… 콩돌이가 죽었다…… 콩돌이가 하늘나라 갔다……" 나도 울음이 터져 엄마 가슴에 파묻혀 함께 엉엉 울었다. 그렇게 엄마와 꺼안고 소리내어 울고 있는데 낮잠을 자던 아빠가 방에서 나오더니 피식 웃으며 말했다. "하나야, 콩돌이가 갔다. 응, 응, 원래 그런 거다. 만나면 필연적으로 이별이 있고 그런 거야." 나는 울면서도 아빠가 대수롭지 않다는 듯 말하는 게 너무 미웠다. 저녁이 되어 고등학생인 오빠가 학교에서 돌아왔다. 콩돌이가 죽었다는 소식에 오빠는 "허, 그래요?"라더니 별 반응 없이 방으로 들어갔다. 나는 아빠와 오빠의 아무렇지도 않은 듯한 반응에 충격을 받았는데, 한참 지나 알고 보니 오빠는 그날 저녁 학원에 갔다가 갑자기 눈물이 터져서 뛰쳐나와야 했단다. 아빠는 낚시하러 가서 바다를 보면서 혼자 눈물을 훔쳤다고 한다.

남천동 '가축병원'에서 죽은 콩돌이를 감싸안고 나온 엄마는 택시를 타려고 했지만 아무도 태우려 하지 않아 좌석버스를 타고 해운대까지 혼자 울면서 돌아왔다. 엄마는 콩돌이를 달맞이고개에 묻었다. 엄마는 일기장에 이렇게 적었다. "혼자서 달맞이고개에다 묻고 '미안하다 콩돌아' 했다. 오줌 싼다고 내가 귀찮게 생각해서 빨리 죽은 것만 같아서 더 많이 울었다. 그 애처롭던 눈빛이 가슴을 미어지게 했다. 영혼이 있다면 더 좋은 곳으로 가기를." 나는 콩돌이 가는 길에 인사도 못한 터라 왠지 콩돌이가 어딘가에 살아 있을 것만 같았다. 콩돌이는 9월에 갔는데 차가운 가을비가 많이 쏟아지는 날이면 콩돌이가 파들파들 떨며 쓸려내려갈 것 같아 마음이 시렸다. 대학생이 되어서도 콩돌이 꿈을 꾸었고 그런 날이면 울면서 깨어났다.

아빠는 시를 쓰는 분이었다. 다음은 아빠가 쓴 「콩돌이 이야기」라는 시의 전문이다. 내가 대학교 1학년 때 이사를 했으므로 콩돌이가 죽은 지 오 년 이상 지난 뒤에 쓴 것 같다.

김하나

# 콩돌이 이야기

몸피가 콩만하고 하는 짓이 얄망궂어
아무데서나 콩 튀듯 팥 튀듯 하던
우리집 쫄래둥이 치와와 수캐 콩돌이
콩돌이는 아무도 못 말리는 딸애가 하도 졸라
어거지로 들여와 식구가 된 셈인데
그럭저럭 한 오 년을 같이 사는 동안
그야말로 온갖 잔정이 다 들고 말아
좁은 아파트를 넓은 운동장인 양
짖고 뛰고 구르고 누비고 까불며
제멋대로 갖은 횡포를 다 부려도 그만인
우리집 작은 개망나니 놀랑패 왕초로 군림
개이면서도 영 개답지 않은 개로
형편없이 살다 간 개가 되었는데
그 잔망스런 무법자로서의 콩돌이가
땅에 묻힌 날의 우리집은
좌우지간 초상집이었다.

무너진 일상적 타성과 썰렁한 그림자의
그날 이후 우리는 콩돌이가 남긴 것들을
눈치껏 치우는 일에 골몰해야 했는데
가장 골치가 아팠던 것은 어린 아들딸의
책상머리를 지키는 콩돌이 사진과 함께
미처 묻어주지 못해 남아 있는 몇 개의
소꿉 같은 그릇들이었다.

시간이 흐르고 우리는 다시 이사를 했다
되돌릴 수 있는 거라곤 아무것도 없다
우리 네 식구의 가슴마다에는 저마다
하나씩의 선명하고 쬐그만 콩도장이
찍혀 있을 뿐
이제 콩돌이는 가고 없다
어떤 풍편에도 소식이 없다

김하나

개의
슬픔

동거인인 황선우 작가와 나는 고양이 네 마리와 함께 산
다. 나와 함께 살던 고양이 둘, 황선우와 함께 살던 고
양이 둘이 있었는데 두 집의 살림을 합치면서 여자 둘,
고양이 넷인 가족을 구성하게 됐다. 우리가 함께 쓴 책
『여자 둘이 살고 있습니다』에서는 우리 가족의 분자식
을 $W_2C_4$라고 표현했다. 물론 지금 우리는 고양이들을
마음 깊이 사랑하지만 원래는 고양이보다 개를 더 좋아
했다는 공통점이 있다. 길에서 개를 보면 저절로 미소가
떠오르고 동네 친구들의 개 산책에 동행하는 것을 큰 기
쁨으로 여긴다. 인스타그램에서 개 사진들을 보며 언젠

가 우리도 개를 들이면 어떨까 상상해보기도 하지만 우리의 나이든 고양이들이 스트레스를 받으면 안 되므로 지금으로선 엄두도 못 낸다. 그리고 나의 경우, 고양이와 함께 오래 살면서 개에 대한 마음에 형질 변화 같은 것이 일어났다.

모든 고양이 동거인들이 궁금해하는 건 사람이 집을 비운 동안 고양이들이 어떻게 지내느냐일 것이다. 언젠가 집에 설치한 CCTV를 통해 고양이들의 하루를 찍은 영상을 본 적이 있다. 빨리감기로 보여준 그 영상 속에서, 그 집 고양이 두 마리는 거실 한복판의 테이블 위에 누워 온종일을 보냈다. 해가 떠서 지는 동안 집안으로 비쳐드는 빛이 시시각각 달라지는데, 고양이들은 테이블 위에서 조금씩 자세를 바꾸기만 할 뿐 내내 잠만 자는 것이었다. 나는 그 영상을 보고 무척 마음이 놓였다. 고양이들은 사람이 있으나 없으나 아랑곳없이 규칙적으로 먹고 자고 논다고 하는데, 우리 고양이들도 정말로 그러겠군 싶었기 때문이다. 그에 반해 개는 사람이 있을 때와 없을 때의 행동 변화가 크다. 사람이 집을 비우면 현관 앞 바닥에 턱을 대고 엎드려 기다리기도 하고, 사람이 돌아오면 꼬리를 흔들며 깡충깡충 뛰면서 기뻐한다. 사람을 알아보고 전속력으로 달려오는 개의 표정과 눈빛은 감동적이다. 달려와 안기고 기쁨에 몸을 떨며 사람의 얼굴을 핥는 개들은 온몸으로 반가움과 사랑을 표현한다. 사람이 아니라 개야말로 사랑받기 위해 태어난 존재가 아닐까. 물론 고양이들도 좋아하는 사람이 오면 반가워한다지만, 나는 '어―왔니' 정도의 반가움만을 표시하는 고양이의 도도한 태도와 거리감이 더 마음 편하다.

나는 종종 개를 보면 슬프다. 포인핸드 같은 곳에서 입양 가족을 기다리는 개들의 불안하고 처량한 눈빛을 볼 때도 당연히 그렇지만, 가족에게 사랑받는 행복한 개조차도 잠깐 가게 앞에 묶여 혼자 남겨지면 출입문만 바라보며 시선을 못 떼는데, 나는 그런 개의 뒤통수를 볼 때도 슬퍼진다. 개는 왜 사람 따위를 이토록 사랑하는 걸까. 개의 중심은 제 안에 있지 않고 자기가 바라보는 사람 안에 있는 것 같다. 그리고 'We don't deserve dogs'라는 말처럼, 많은 경우 인간들은 개의 맹목적이고 순수한 사랑을 받을 자격이 없다.


김하나

21

세상의 모든 견종은 사람이 디자인한 것이다. 다리가 길쭉하고 날렵한 그레이하운드도, 허리가 길고 다리가 짧은 닥스훈트도 사람의 미적 욕구와 필요성에 의해 만들어진 결과물이다. 이른바 '순종'이란 자연발생적인 것이 아니라 모두 사람의 아이디어다. 순종의 특성을 정해두고 그에 맞추려고 인위적으로 교배를 거듭한다. 그래서 어떤 순종 개들은 고질적인 유전병에 시달리곤 한다. 대표적인 예인 잉글리시 불독은 짜부라진 코 때문에 호흡곤란을 겪고 고관절 이형성증으로 걷기가 불편해지며 부정교합으로 음식을 씹기가 힘들고 주름 때문에 피부병에 시달린다. 이 품종의 기대수명은 육 년에 불과하다. 세상의 그 어떤 개도 스스로 순종이 되기를, 혈통 있는 개이기를 원한 적은 없다.

품종을 디자인하는 것뿐 아니라 개라는 종류의 탄생에도 인간은 깊숙이 관여했다. 개의 학명은 카니스 루푸스 파밀리아리스Canis Lupus Familiaris. 루푸스는 늑대를 뜻하며 파밀리아리스는 '가족의, 집안의' 또는 '노예의'라는 뜻이다. 늑대라는 야성적이고 자주적인 종으로부터 사람의 말을 잘 따르고 길들여질 수 있는 개체들을 선별해

기른 것이 개다. 인간이 없었다면 개도 없었다. 그러니 많은 개들은 어릴 적부터 자기도 모르게 사람을 보면 꼬리를 흔들며 따르고 좋아할 운명을 타고 태어났다. 나는 이 글을 쓰면서 개나 고양이의 '주인'이라거나 개나 고양이를 '키운다'는 표현을 쓰지 않았다. 개나 고양이는 우리의 가족으로서 '함께 산다'는 개념이 더 바람직하다고 생각해서다. 그러나 사람의 말에 잘 복종하고 사람에게서 칭찬받기를 너무도 좋아하는 개들의 특성을 보면 사람을 '주인으로 여기고 충성한다'는 표현이 어울리는 이유는 알 것 같다.

반면 고양이들은 다르다. 내가 고양이에 관한 말 중에 가장 좋아하는 것은 미국의 작가 엘렌 페리 버클리의 "모든 고양이 주인들이 알듯이, 누구도 고양이의 주인이 될 수 없다As every cat owners know, nobody owns a cat"이다. 우리집 고양이들은 간식 등 원하는 게 있을 때면 다가와 나의 다리에 몸을 비비며 내 마음을 녹이지만 간식을 얻어내고 나면 언제 그랬냐는 듯 멀찍이 돌아앉아 가만히 창밖이나 보고 있다. 쓰다듬어주면 배를 보이고 누워서 가르릉거리며 온갖 교태를 부리다가 흥분해서 돌연 물

거나 할퀴기도 한다. 나를 농락하는 듯한 그들의 태도에
가끔 서운할 때도 있지만 나는 매번 그들의 장단에 놀
아난다. 왜 고양이 동거인들이 스스로를 주인 대신 '집
사'라고 칭하는지 너무도 잘 알겠다. 사람이 개를 지배
하듯, 고양이는 사람을 지배한다. 나는 고양이들이 내게
지나치게 종속되지 않고 독립성을 유지하는 느낌이 아
무래도 다행스럽다. 그런 생각을 할 때면 나는 대단한
집중력으로 '주인'만을 바라보는 개의 뒤통수가 더 슬
프게 느껴진다.

앞서 사람을 따르고 좋아하는 개들의 특성에 대해 이야
기했지만, 내겐 그 반대적 특성에 대한 잊지 못할 경험
이 있다. 언젠가 먼 여행에서 돌아오는 길에 모로코의
카사블랑카에 살던 친구를 만나러 갔을 때의 일이다. 친
구의 남편은 주재원으로 그곳에 있는 회사를 다니고 있
었다. 하루는 친구가 차를 몰고 야근한 남편을 데리러
갈 때 내가 동행했다. 친구의 남편은 마무리가 늦어진다
며 조금 기다리라고 했는데, 차를 몰고 회사 근처의 공
터로 진입하는 순간 공포스러운 장면이 펼쳐졌다. 제법
커다란 개 열댓 마리가 우리가 탄 차로 맹렬히 돌진한

것이다. 친구는 그런 상황을 미리 알고 있었는지 "절대 문을 열지 마"라고 주의를 주었다. 개들은 움직이는 차를 에워싸고 타이어와 차에 주둥이를 들이받으며 물어뜯으려 했으며 큰 소리로 짖어댔다. 당황스럽고 무서워서 내가 어찌할 바를 모르자 친구가 "무리 지어 몰려다니는 주인 없는 개들인데, 무리 중에 차에 치여서 죽은 개가 있는지 차가 그들 구역에 접근하면 저렇게 떼로 달려든다"며 "그래도 차 문만 안 열면 안전하다"고 했다. 조금 이따 친구 남편의 일이 끝났다고 해서 공터를 빠져나가는데 개들이 뒤에서 무섭게 짖으며 쫓아왔다. 지금도 그때를 생각하면 머리끝이 쭈뼛하다.

개들은 양면적이다. 좋아하는 사람은 잘 따르지만, 그 사람을 지키기 위해 다른 사람을 위협하고 공격하는 것 또한 개의 특성이다. '매이'가 있던 큰댁의 대문에도 커다랗게 '개조심'이라고 쓰여 있었다. 개 중에는 시각장애인을 돕는 맹도견도 있지만 도둑을 위협하는 경비견, 용맹하게 범인을 잡는 경찰견도 있다. 카니스 루푸스 파밀리아리스. 길들여지기도 했지만 어느 정도는 늑대이기도 한 것이다. 개한테는 사람에게는 없는 뾰족한 송

곳니와 강력한 무는 힘이 있다. 덩치 큰 개인 경우 설령 '주인'이라 해도 자기를 괴롭힌다면 해치울 수도 있을 것이다. 마음만 달리 먹는다면. 하지만 마음을 달리 먹을 줄 모르기에 개가 개인 것이다.

우리나라 곳곳에 들어앉은 개농장에는 몇 층씩 쌓은 철사로 된 장 안에 갇힌 채 위에서 싸는 똥오줌을 다 맞아가며 사는 개들이 수도 없이 있다. 철사 위에 서 있어야 하기 때문에 발은 다 짓물러 터지고, 썩어 흘러내리는 음식물 쓰레기에 항생제를 휘휘 푼 것을 먹으며 그것이 삶의 전부인 채로 살다가 죽는다. 여름의 땡볕과 겨울의 추위도 뻥 뚫린 녹슨 케이지 속에서 견뎌야 한다. 비인도적인 방식으로 고통스럽게 죽음을 맞기까지, 개들은 그런 지옥 같은 환경 속에서 학대받으며 살아가면서도 개농장 주인이 오면 꼬리를 흔든다. 옛날에 마을 사람들이 키우던 개를 잡아먹으려 몽둥이로 후려칠 때 정신을 잃어가던 개가 멀찍이 선 주인을 알아보고는 꼬리를 흔들었다는 이야기를 들은 적이 있다. 내가 평생 가장 많이 울면서 읽었던 책은 한국의 개 산업 실태를 다룬 하재영 작가의 『아무도 미워하지 않는 개의 죽음』이다. 나는 개들이 인간을 미워하기라도 했으면 좋겠다.

우리나라에서 반려견과 끝까지 함께하는 경우는 단 12 퍼센트에 불과하다고 한다. 12퍼센트. 나는 이제 개가 몇백 킬로미터나 떨어진 원래 주인 집으로 돌아갔다느 니 하는, 개의 '충성심'이니 '지조'를 추켜올리는 이야 기들을 견딜 수가 없다. 개는 왜 사람 따위를 이토록 사 랑할까. We don't deserve dogs. 우리는 개의 사랑을 받 을 자격이 없다.

서교동에 있는 동물권행동 카라의 오층 사무실에 두번 째로 갔을 때, 문을 열자 지난번에 보지 못한 개가 있었 다. 털이 희고 덩치가 크며 몸이 탄탄하고 귀가 반듯하 게 서 있는 개라, 나는 들어서며 "오, 이 늠름한 개는 누 군가요?"라고 물었다. 개는 나를 보자 금방 안쪽 공간 으로 사라졌다. 카라 더봄센터준비팀 팀장인 기정씨가 말했다. "전혀 늠름하지 않아요. 진도와 핏불이 섞인 앤 데, 겁이 많아요. 이름은 루뽀예요." 진도와 핏불이라. 공격성이 발현된다면 아주 무서울 수 있는 개였다. 내 가 자리에 가만히 앉아 있자 루뽀가 안쪽 공간에서 조심 스럽게 머리를 내밀었다. 자세히 보니 울고 난 아이처럼 코와 눈가가 연한 핑크색이고 눈꼬리가 살짝 처져 조금 난처한 듯한 얼굴이었다. 아주 귀여웠다.

2015년 12월, 카라는 불법으로 운영되던 양평의 개농장에서 십수 마리의 개를 구조했다. 당시 구조된 엄마 개로부터 태어난 여섯 형제가 루키, 루꼼, 루뽀, 루시, 루짱, 루팡이다. 그중 루뽀는 유독 소심하고 겁이 많아 낯선 사람들이 자주 방문하는 카라의 '아름품'에 있을 때 스트레스를 많이 받았다. 그래서 루뽀는 카라의 오층 사무실 공간에서 따로 보호되고 있었다. 산책을 나가려고 하네스를 채우면 긴장한 탓에 움직이지를 못해서, 조금씩 하네스 적응 훈련을 하며 여러 달째 그리 넓지 않은 사무실과 옥상 공간에서만 지내고 있다고 했다. 나는 카라를 통해 루뽀와 일대일 결연을 맺고 후원을 시작했다. 그리고 루뽀의 처진 눈매와, 언젠가 카라 더봄센터에서 함께 산책할 날을 생각하며 이 글을 쓴다. 그날 카라에서 회의를 하는 동안 루뽀는 자기가 믿는 사람이 오면 나와서 귀를 젖히고 꼬리를 살랑거렸다. 한번은 조심스럽게 걸어와 내 냄새를 살짝 맡고는 또 휭하니 안쪽 공간으로 사라졌다. 내가 궁금하지만 겁이 많아 다가오지는 못하는 것이다. 라틴어파 언어인 이탈리아어로 루뽀lupo는 마침 늑대를 뜻한다. 여차하면 사람을 위협해 지배할 수도 있을 힘을 가졌을 터이나 스스로 그것을 알지 못하고, 잔뜩 주눅든 채로도 사람을 좋아하고 싶어하는 루뽀를 보면서 나는 많은 생각이 들었다. 개의 운명과 슬픔에 대해.

김하나

설명해줄 수
없다는 것

오늘 아침 친구네 닥스훈트인 '닥훈이'의 상태가 좋지 않아 신촌에 있는 동물병원에 다녀왔다. 닥훈이는 2002년생이니 열일곱 살이다. 며칠째 병원을 다니는데 어제는 입원해서 정맥주사를 맞았고 그제는 초음파검사를 받았다. 사람이라면 초음파검사를 위해 배에 차가운 젤을 발라도, 팔뚝에 주사를 놓아도 그 이유를 알겠지만 개는 영문을 모른 채 공포에 질릴 것이다. 왜 낯선 사람들이 자신의 몸 이곳저곳을 바늘로 찌르는지 알 리가 없다. 설명해줄 수가 없다는 것. 이에 대해 항상 생각해야 한다.

김하나

우리 고양이들은 병원 방문에 극심한 스트레스를 느끼기 때문에 한번 병원에 데리고 가려면 사람과 고양이 간에 혈투가 벌어진다. 이동장 안에서 큰 소리로 우는 고양이를 달래며 "너 아픈 거 나으려고 가는 거야. 너를 괴롭히려고 이러는 게 아니야" 설명을 하고 또 하지만 고양이 입장에선 이해가 되지 않을 것이다. 낯선 사람들이 붙잡아 눕히고, 정신을 잃었다 깨면 이빨이 일곱 개나 사라진 곳이 욱신거리고, 집에 겨우 돌아왔나 싶은데 같이 사는 사람이 목에다 쓴맛이 나는 걸 쑤셔넣고…… 사람이 가장 견딜 수 없는 건 이유 없는 고통이다. 고통을 참으면 더 좋은 결과가 있거나, 그 고통에 끝이 있음을 안다면 견디기가 훨씬 수월해진다. 그러나 동물들은 고통의 이유를 이해할 수 없다. 먼 나라로 이민을 가는 사람이 반려견을 이동장에 넣고 화물칸에 태웠는데, 예민한 편이라 오랜 비행의 스트레스를 견디지 못한 반려견이 공황장애를 겪게 되었다고 한다. 사람은 열두 시간 뒤면 비행의 고통이 끝난다는 사실을 알고 내가 어디에 도착할지도 안다. 하지만 개는 그 사실을 모른다. 낯선 환경과 난생 처음 느껴보는 비행의 감각, 시끄러운 소리, 추위…… 그 개로서는 자신이 지옥 같은 곳에 떨어졌고 사람으로부터 버려진 채 영영 이렇게 살게 되었다고 생각할 수도 있다. 영문을 알 수 없는 고통이 아무래도 끝나지 않을 것 같다고 느낀 반려견은 극심한 패닉 상태로 있었을 것이다. 그 반려견은 평생 고통 속에 살다가 죽었다. 요즘은 반려견을 데리고 승객석에 탈 수도 있고 수면제로 스트레스를 줄여주기도 한다. 그러나 여전히 비행 도중 스트레스를 못 견디고 사망하는 반려동물들이 있다.

이런 사례 중 가장 비극적인 것은 라이카 이야기일 것이다. 1957년, 우주 진출을 놓고 미국과 소련이 경쟁을 벌이던 냉전 시대에 소련은 영리한 개 라이카를 스푸트니크 2호에 태워 우주로 쏘아올렸다. 우주에서 생명체가 얼마나 살 수 있을까를 실험하기 위함이었는데 당시에는 로켓의 귀환 기술이 없었으므로 말 그대로 라이카는 지구에서 영원히 추방된 셈이었다. 우주로 나간 지 일주일 뒤에 자동 주사로 안락사 시킬 예정이었다고 하나 지구로 날아오는 라이카의 생체 신호는 미약한 상태로 일곱 시간을 버티다가 꺼졌다. '우주로 날아간 최초의 개'

따위는 사람 입장에서 부여하는 무의미한 명예일 뿐, 라이카는 극심한 공포와 고통 속에서 혼자 서서히 죽었다. 나는 어디로 보내지는지도 모른 채 로켓 속에 묶여 끔찍한 소음과 진동, 고열을 겪어야 했던 라이카의 마음을 상상해보다가 울어버렸다.

올봄에 엄마 아빠와 십육 년을 함께 산 개 '까미'가 무지개다리를 건넜다. 이모네 개가 낳은 강아지를 데려온 것이었는데, 콩돌이 이후에 다시는 개를 들이지 않겠다고 다짐했던 아빠는 개를 왜 또 데려오느냐고 역정을 냈지만 이내 까미에게 홀랑 넘어가버렸다. 몰티즈와 시추가 섞인 까미는 아주 귀엽고 얌전한 강아지였다. 말년에 까미는 허벅지 쪽에 당구공만한 혹이 생겼다. 병원에 갔지만 나이가 많아서 수술하기는 어려웠다. 걷기가 시원치 않아지자 엄마는 소형 카트에 이동장을 묶어 만든 일종의 유아차에 까미를 태우고 바람을 쐬어주곤 했다. 마지막엔 밤새 잠을 못 자고 고통스러워하는 까미를 데리고 병원에 갔다가 의사의 권유로 안락사를 시켰다. 며칠 안에 자연사할 것 같다고도 했지만 고통을 줄여주기로 했다. 얼굴을 의사 쪽으로 향하고 엎드린 까미의 등을 엄마가 두 손으로 잡았다. 먼저 마취 주사를 놓았다. 금세 끙끙 앓던 까미가 조용해지며 편안하게 잠이 들었다. 곧 두번째 주사를 놓자 몇 초 만에 심장박동이 멎고 까미는 세상을 떠났다.

나는 당시 새책이 나온 지 얼마 지나지 않아 바쁘게 활동하고 있었다. 엄마는 까미가 죽고 이틀 뒤에야 내게 말했다. 예전부터 나는 까미가 죽으면 첫차 타고 부산에 갈 거라고 말해왔기에, 바쁜 중에 더 정신 사나울까봐 그랬다고 했다. 만류에도 불구하고 그날 밤 기차를 타고 부산으로 갔다. 봉투에 부의금을 넣어서. 십육 년을 함께한 가족이 사라졌는데 그 적적함이 얼마나 클까 싶어, 엄마 아빠 곁에 있기라도 해야겠다고 생각했다. 까미가 가고 몇 달이 지나서 나는 엄마와 통화중에 "요즘은 까미 생각을 하면 어때요?"라고 물었다. "화장실 들어갈 때마다 까미 오줌을 씻어내야 했는데 요즘은 편하다. 가끔은 내가 그렇게 오랫동안 뭘 했던 거지? 하고 허무하기도 하고. 그런데 요즘도 저쪽 방에 가면 까미가 있을 것 같아." 아빠는 「부재」라는 시를 썼다. 그 시는 이렇게 시작된다. "까미가 우리 곁을 떠났다".

김하나

사람만 보는 개의 슬픔도, 개를 잃은 사람의 슬픔도 있다. 모두 사랑의 일이다. 사랑하기 때문에 우리는 슬퍼지기도 한다. 그러나 우리는 사랑하지 않고 슬프지 않기보다는 슬픔까지 껴안고 사랑하기를 택한다. 동물을 사랑함은 슬픔까지 포함하는 일이다. 그리고 사랑은 언제나 슬픔보다 크다. 사랑은 상대의 눈으로 세상을 보는 일이다. 우리는 반려동물과 함께하는 동안 그들이 없었다면 느끼지 못했을 것들을 느낀다. 사랑하는 이의 상상력은 고통 또한 지나치지 못하리라. 한 마리의 개나 고양이를 진실로 사랑해본 사람은 한겨울 추위 속에 묶인 수많은 생명의 고통 또한 생생하게 느낄 것이다. 사람으로서의 미안함은 갈수록 커져만 간다. 내가 정말 좋아하는 소설 『자기 앞의 생』의 마지막 문장으로 이 글을 끝내고 싶다.

사랑해야만 한다.

김하나

한 마리의 고양이를 만난 것으로 인생이 바뀌었다고 생각한다. 그 고양이가 열 살이 넘으면서부터 왠지 눈물이 많아졌다. 예스24 팟캐스트 '책읽아웃: 김하나의 측면돌파'를 진행중이다. 『당신과 나의 아이디어』『내가 정말 좋아하는 농담』『힘 빼기의 기술』『15도』『여자 둘이 살고 있습니다』(공저)를 썼다. 불법 개농장에서 구조된 엄마에게서 태어난 개 '루뽀'와 일대일 결연을 맺었다.

김하나

# 새로운 우리

이슬아

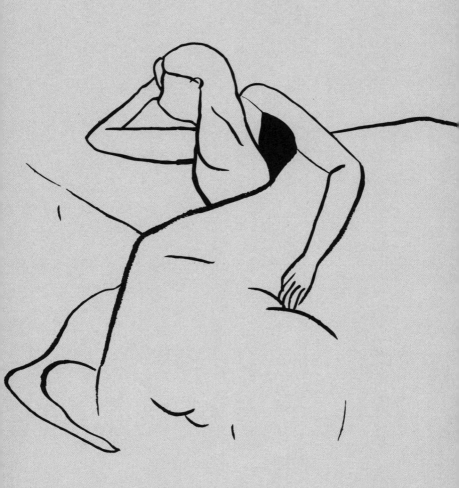

반려묘 '탐'을 내 집에 데려온 것은 2015년 1월 무렵이
다. 구로구 온수동에 있는 가정집에 혼자 살던 때였는데
낮잠을 자다가 눈을 떠보니 어느새 해가 져 있었다. 저
녁이 왔음을 무방비 상태로 실감하는 동안 무지 외로워
져서 조금 울었다. 이 외로움이 앞으로도 반복된다고 생
각하자 두렵고 슬펐다. 밤이 깊어졌을 때 충동적으로 동
물병원에 갔다. 모든 동물들이 쿨쿨 자고 있었다. 그 와
중에 웬 회색 쥐같이 생긴 애만이 혼자 벌떡 일어나 나
를 보며 윙윙 울었다. 쥐가 아니라 고양이였고 종은 러
시안블루랬다. 쥐만한 회색 고양이를 데려오기 위해 나

는 사십만원을 분양비로 냈다. 당시 월세보다 비싼 가격이었다. 다시 그때로 돌아간다면 절대 그러지 않을 것이다. 무언가를 키운다는 게 죄를 짓는 일과 비슷하다는 걸 그때는 몰랐다. 동물병원이나 펫숍이 끔찍하다고 생각해보지도 않았다. 동네에 얼마나 많은 유기묘들이 있는지 눈길을 준 적도 없다.

잿빛의 수컷 고양이를 데려온 뒤 이름을 고민하다가 나는 그의 이름을 '탐'이라고 지었다. 탐할 탐 자를 썼고 영어 표기는 tom이라고 하기로 했다. 그는 본인의 이름을 알아듣고 반응했다. 탐아. 탐이야. 탐잉아. 탐밍아. 탐짱아. 탐장아. 탐징아. 티읕만 들어가면 그는 토실한 엉덩이를 흔들며 내게 걸어왔다. 밥 먹자, 라고 하면 뛰어왔다. 탐아, 밥 먹자, 라고 하면 낑낑대며 전속력으로 밥그릇을 향해 질주했다.

무수한 길고양이들의 움직임을 알아차리게 된 건 탐이를 키운 이후부터였다. 보이지 않던 애들이 갑자기 보이다니. 그들은 오래전부터 이 동네에 살며 대를 이어왔을 텐데 말이다. 도시에서 어떻게 생을 지속해온 것일까. 더이상 새끼를 배지 않는 것이 나을 환경이었다. 암컷들

은 자기들의 가임 능력이 버거울 것이었다. 그들을 위해
TNR(Trap, Neuter, Return : 길고양이 개체수를 적절히 유지하기 위해 길고
양이를 인도적으로 포획하여 중성화 수술을 시키고 원래의 영역으로 돌려보
내는 일)을 하는 단체가 있다는 걸 알게 되었다. 번식을 조
금이라도 막는 게 더 나은 종도 세상에 있는 것이었다.
나는 가끔 탐이의 사료를 조금 덜어 그들이 다니는 길목
에 놓았다. 비교적 온실 속 화초에 속하는 탐이는 내 집
안에서 무럭무럭 자랐다. 조금 지나치게 무럭무럭 자랐
다. 내 친구들은 탐이보고 주인을 닮아 골반이 넓고 엉
덩이가 크다며 그럴 법하다는 표정을 지었다.


*


우리 사이에는 수십 가지 패턴이 생겨났다.
지난 오 년간 무수히 반복되어온 패턴이다. 늦은 저녁
익숙한 골목을 걸어서 집 앞에 다다르면 나는 이층을 올
려다보며 이름을 부르곤 한다.
"탐이야."
집밖에서 탐이를 호명하고 오 초만 기다리면 높은 확률

로 그가 창가에 나타난다. 소파나 침대 위에서 졸다가 내 목소리를 듣고 화들짝 달려온 것이다. 탐이는 방충망에 자신의 이마를 댄 채 야옹댄다. 사실 야옹이라는 의성어는 틀렸다. 야옹 하고 우는 고양이는 거의 없다. 탐이의 경우 외옹─, 왕─, 음망─, 웅갸─, 갸─, 웅외옹─ 등의 울음소리를 낸다. 그런데 울음소리라는 말도 틀린 것 같다. 사람들은 동물들의 소리를 '운다'라고 대충 묶어 말하지만, 유심히 들어보면 절대로 우는 소리가 아니다. 그에겐 다양한 욕망이 있다. 욕망의 정서가 듬뿍 묻어나는 소리를 낸다.

나는 그 소리를 '탐이의 말'이라고 인지한다. 그에겐 아주 많은 언어가 있다. 누가 믿어주지 않아도 상관없다. 그저 사실임을 내가 잘 알고 있으므로. 그가 수시로 말을 건네주어서 나도 수시로 대답을 하게 되었다. 새로운 대화를 할 때도 있지만 이미 나눴던 대화의 패턴을 반복할 때도 잦다. 이를테면 계단을 올라 내 집의 도어록 비밀번호를 누르는 동안 현관문 안쪽에서는 어김없이 탐이가 애절한 소리를 내는데 그 소리에도 몇 가지 패턴이 있다. 뉘앙스에 집중하여 내 식대로 번역해보았다.

반나절 만에 집에 돌아왔을 때 하는 말 : "갸ー!" (얼른 들어와서 밥 줘!)

한나절 만에 집에 돌아왔을 때 하는 말 : "응갸! 갸앙! 갸ー! 걍!!" (미쳤어? 뭐하다가 이제 와? 나 배고파 죽 겠다고!)

물론 필연적으로 오역이다. 겨우 알 수 있는 건 탐이가 분노하거나 절실해하는 정도일 뿐이다. 온종일 집에 있 던 내가 잠깐 편의점에 갔다가 돌아왔을 때에는 아무 소 리도 안 낸다. 일 분 만에 재활용 쓰레기를 버리고 돌아 왔을 때 역시 아무 말도 없다. 공백의 시간만큼 할말이 생기는 모양이다.

충분히 배불리 먹고 잠든 경우엔 예외다. 내가 오든 말 든 신경쓰지 않고 자던 잠을 마저 잔다. 깨우면 되게 싫 어한다. 자는 중에 불을 켜는 것도 싫어한다. 전구의 불 빛을 가리기 위해 자신의 앞발로 눈두덩을 덮는다. 그런 몸짓들이 너무나 사람 같다.

그런데 사람 같다는 건 무엇일까?

*

우리집엔 다섯 개의 창문이 있다. 탐이는 날씨에 따라, 기분에 따라, 혹은 빌라 바깥에서 들려오는 흥미롭거나 수상한 소리에 따라 매번 다른 창문을 선택한다. 마음에 드는 창가에 가서 볕을 쬐며 창밖을 바라보는 것이다. 침실에 딸린 작은 창도 매우 좋아하는데 내가 문을 닫아놔서 못 들어갈 때도 있다. 그럼 침실 문 앞에 앉아 이렇게 소리낸다.

"갸옹~" (열어줘~)

그럼 나는 원고 마감을 하다 말고 침실 문을 열어주러 간다. 열고 나면 탐이는 냉큼 방안에 입장하여 창가로 뛰어오른다. 내 어깨높이의 창틀인데도 몹시 가뿐하게 점프하는 모습이 정말 멋지다. 거기서 그는 일층의 존재들에게 관심을 기울인다. 빌라를 드나드는 사람들과 길의 행인들과 참새들과 길고양이들과 산책하는 개들과 날벌레들을 쳐다보고, 동시에 계절을 감지한다. 봄비와 장마와 가을비와 겨울비와 눈을 하염없이 쳐다본다.

고양이가 바깥을 바라보는 게 꼭 바깥에 나가고 싶다는

뜻은 아니라는 요지의 연구를 들어본 적이 있다. 안전하고 높은 곳에서 바깥 상황을 관조하며 살피려는 본능이 고양이들에겐 있댔다. 하지만 모르는 일이다. 어쩌면 영영 바깥에서 지내고 싶을 수도 있다. 너무나 그러고 싶을지도 모른다. 오랫동안 창밖을 바라보고 난 탐이의 몸은 뜨거워져 있다. 햇빛에 데워져서.

탐이를 잠깐 잊은 채 책상에서 노트북 화면을 바라보고 있으면 어느새 찹, 찹, 찹, 찹 하는 소리가 내게 가까워져온다. 포도 젤리 같은 탐이 발바닥이 짧은 복도 장판에 닿는 소리다. 그는 예의 그 유연한 몸놀림으로 책상 위에 뛰어오르고 나의 물컵에 슬금슬금 다가온다. 슬쩍 눈치를 보고는 자기 얼굴을 그 컵에 푹 집어넣고 꿀꺽꿀꺽 물을 마신다. 나는 불평한다. "야~ 아까 네 물통에 새로 물 채워줬잖아." 하지만 탐이는 꼭 내가 마시던 물을 중간에 뺏어 먹는다. 그 컵을 걔한테 넘기고 새로운 컵에 물을 따라 오면 어느새 또 그 물을 뺏어 먹고 있다. 아무래도 가장 최신의 깨끗한 물을 선호하는 듯하다.

마감을 하다가 뭐라고 쓸지 모르겠을 때면 나는 잠시 넋 놓고 있다가 탐이를 부른다. 그의 기분이 좋을 경우 옆

방에서부터 발자국 소리가 들려온다. 포도 젤리 같은 탐이의 발바닥이 장판에 교차로 맞닿는 소리이다. 나에게 도착하면 펄쩍 뛰어 내 무릎으로 올라와 엉덩이를 쳐든다. 얼마나 쳐드냐면 항문이 생생히 보일 만큼이다. 엉덩이를 쓰다듬어달라는 몸짓이다. 그는 자신이 무척 작고 귀여운 존재라고 인지하는 것 같다. 그러지 않고서야 이렇게나 거리낌없이 자신의 온몸을 남의 몸 위에 올릴 수는 없을 테다.

탐이가 심드렁할 때는 목놓아 불러도 나에게 오지 않는다. 직접 찾아가야 하는 거다. 그는 높은 확률로 침실의 이불 옆이나 옷방의 어두컴컴한 구석에 누워서 약간 코를 골며 자고 있다. 곤히 자던 탐이에게 조심스레 다가가 껴안으면 그의 온몸은 뜨겁다. 잠든 사람이 대부분 그렇듯 동물도 자는 동안 체온이 올라가는 모양이다. 회색 털로 뒤덮인 뚱뚱한 몸에 귀를 가져다대면 심장박동 소리가 들려온다.

화분에 물을 주는 날이면 탐이는 조금 신이 난다. 내가 여덟 개의 화분을 죄다 화장실로 옮겨놓는 동안 그는 나를 졸졸 따라다닌다. 마침내 샤워기로 모든 화분에 물을 듬뿍듬뿍 주면 그는 내 옆에 서서 물줄기가 떨어지는 모양을 한껏 바라본다. 동체시력이 좋은 그에게 샤워기에서 나오는 물이 얼마나 생생하게 보여질지 궁금하다. 물을 다 주고 나면 화분들 위로 젖은 흙냄새가 올라오는데 탐이는 꼬리를 경쾌하게 흔들며 그 사이를 돌아다니다가 잎사귀에 묻은 물을 한참 핥아먹는다. 자기 물그릇에 물을 가득 채워놨는데도 풀잎에 묻은 물방울을 더 선호하는 게 이상하고 웃기다.

탐이가 하는 말 중 단 한마디만이라도 정확히 알아들을 수 있다면 어떨까. 그 한마디를 미리 정해야 한다면 그것은 '아프다'는 말일 것이다. 어떤 식으로든 그가 아프다는 걸 표현했는데 내가 바로 알아주지 못할까봐 자주 두렵기 때문이다.

내 엄마 복희는 탐이를 보고 나에게 말했다. "'하루에 오 분만 말하는 고양이'라는 제목의 동화가 있다면 어떨까?" 복희 말을 듣고 그 오 분간 탐이는 무슨 말을 할지 생각해보았다. 아마 많은 요청과 잔소리를 할 것이다. 욕망으로 가득찬 고양이니까. 오 분이 매일 모자랄 것이다. 오 분의 말하기 시간이 다가올 때마다 기다렸다는 듯 속사포처럼 말을 늘어놓을지도 모른다. 그러다 어떤 날은 그 오 분 동안에도 아무 말 하지 않을 거라는 예감이 든다. 누구에게나 아무 말 하고 싶지 않은 날이 있는 것처럼. 그리고 사실 언어가 아니더라도 우리는 몸으로 많은 말을 하며 살아가고 있으니까.

태어난 지 육 년 된 그의 얼굴엔 아직도 호기가 가득하다. 털색은 마치 지폐처럼 각도에 따라 다르게 보인다. 탐이는 아무도 안 본 나의 별꼴을 옆에서 다 봤다. 그리고 관심 없어했다. 그 무심함이 얼마나 편안했는지 모른다. 가끔은 신기하고 놀랍고 영적인 일들이 우리 사이에 일어나기도 했지만 다들 믿기 어려울 것 같아서 말을 아낀다.

*

저녁 무렵에는 나의 애인 하마가 퇴근하고 서재에 들어와 소파에 눕는다. 하마의 어김없는 패턴이다. 탐이는 망설임 없이 하마의 가슴팍에 올라탄다. "웅웅웅!" 하는 소리를 내며 넓은 상체로 돌진한다. 이 패턴 또한 어김없다. 하마와 탐이가 날마다 반복하는 일과다. 가끔 탐이는 하마의 겨드랑이에 자신의 눈코입을 가져다댄다. 그 뜨끈한 곳을 파고든다. 자기보다 몇 배 더 큰 사람의 겨드랑이에 얼굴을 묻고 한참을 자기도 한다. 저토록 안심하는 모습이 고맙고 신기하다.

밤이 오면 하마랑 내가 침대에 나란히 눕는다. 저녁에 깜빡하고 못 나눈 얘기를 나누며 잠을 청하다보면 어느새 탐이가 우리 사이에 와 있다. 푹신한 이불을 이리저리 밟다가 맘에 드는 곳에 자리를 잡고 엎드린다. 하마목소리와 내 목소리 사이로 탐이가 푹 한숨 쉬는 소리가 끼어들기도 한다. 탐이의 한숨은 코에서 나오는데 콧김이 은근히 세다. 주로 내 발치나 두 다리 사이에 자리를 잡는데, 몸을 웅크리고 잘 때보다 사지를 쭉 뻗고 누워서 잘 때가 더 많다. 고양이가 주로 누워서 자는 동물이라고 왜 아무도 이야기해주지 않았던 걸까. 어떻게 저렇게까지 무방비 상태로 누워 있을 수 있을까.

침대 옆 텔레비전을 틀어놓는 날이면 탐이도 덩달아 늦게 잔다. 우리가 자주 보는 동물 다큐는 BBC에서 만든 시리즈인 〈우리의 지구 Our Planet〉다. 탐이도 옆에 와서 그

이슬아

걸 함께 본다. 보느라 늦게 자기도 한다. 사람이 등장하는 영상엔 별 관심이 없지만 사자가 나오면 졸다가도 눈을 커다랗게 뜨고 화면을 좇느라 바쁘다. 같은 종을 알아보기라도 하는 걸까. 하마랑 나는 새들이 구애의 춤을 연마하는 장면을 보고 깔깔대며 웃는다.

BBC 다큐는 자연의 경이로운 부분만을 보여준다. 놀랍고 재미있는 장면들이 지나간다. 끔찍한 부분들은 편집되어 있다. 우리의 지구가 그런 모습이 아니라는 것은 자명하다. 진실은 〈지구생명체Earthlings〉 같은 다큐 쪽에 죄다 있다. 그런 다큐를 보면 인간인 게 죄스럽다. 옆에서 다소곳이 앉아 텔레비전을 함께 보는 탐이에게도 미안해진다. 그동안 내가 간접적으로 파괴하고 직접적으로 먹어온 동물들 역시 탐이처럼 생생했을 것이다. 탐이처럼 기뻐하고 졸려하고 배고파하고 아파하며, 아주 예민한 감각과 아주 많은 언어를 가지고 살았을 것이다. 내 몸이 그렇듯 말이다. 어떤 불편함도 없이 시청할 수 있는 BBC 다큐를 보면서 나는 죄책감을 느낀다. 하마는 어떨까? 물어보고 싶지만 금요일 밤의 무드를 망치고 싶지 않아서 가만히 있는다.

세 마리의 존재는 자신들도 모르게 잠이 드는 날이 많다. 하마랑 내가 간혹 코를 골고 잠꼬대를 하듯, 탐이도 마찬가지다. 푹 잘 때 보면 까맣고 작고 촉촉한 코에서 고로롱 고로롱 하는 소리가 난다. 잠꼬대하는 소리는 "끙! 낑!"이다. 탐이가 누운 자리엔 회색 털이 살짝 남는다.

아침이 왔다는 것을 알람 없이도 알게 된다. 별일 없으면 여섯시 오십분쯤 탐이가 말을 걸기 때문이다. 이 패턴도 어김없다. 배고프다고 말하는 것이다. 일찍 출근하는 하마가 침대를 벗어나 탐이 밥을 주러 간다. 탐이는 참치캔이 먹고 싶을 땐 냉장고 앞에 앉아 있고, 사료를 먹고 싶을 땐 사료 통 앞에 앉아 있다.

이 고양이에겐 그 밖에도 수많은 모습이 있다. 기지개를 켜고 하품을 하고 재채기를 한다. 뭔가를 맛있어하거나 맛없어한다. 두려운 것을 피한다. 불쾌한 냄새로부터 멀리 떨어진다. 좋아하는 사람에게 자기 몸을 기댄다. 아늑한 곳에 자리를 잡는다. 깜짝 놀라면 꼬리를 세우고 부풀린다. 커다란 소리가 나면 구석에 숨는다. 화초에 묻은 물을 핥아 먹는다. 오랫동안 하늘을 본다. 졸려한다. 아프면 고통스러워한다.

나처럼.
그리고 내가 아는 많은 사람들처럼.

어느 날 나는 기사를 하나 읽었다. 구제역 살처분 돼지
들에 관한 기사였다. 아주 깊이 판 땅속에 믿을 수 없이
많은 돼지들을 밀어넣고 그 위에 흙을 덮는 생매장이었
다. 맨 먼저 땅속에 떠밀린 돼지는 압사될 확률이 높았
고 위쪽에 있는 돼지들은 깜깜한 흙속에서 발버둥치다
가 질식사할 확률이 높았다. 아직 흙을 덮기 전에 찍힌
사진을 보았다. 무수히 많은 돼지들의 얼굴이 거기에 있
었다. 빽빽한 얼굴들이 하나하나씩 내 눈에 들어왔다.
너무 놀란 얼굴들이었다. 너무 두려운 얼굴들이었다. 나
도 모르게 눈을 질끈 감았다.
저 돼지들도 탐이처럼 온갖 것을 느낄 것이다. 좋은 것
에는 다가가고 싶고, 고통스러운 것으로부터는 멀리 도
망가고 싶을 것이다. 탐이만큼이나 생생한 쾌고감수능
력이 있을 것이다. 더하면 더했지 절대 덜하지는 않을

감각들일 것이다.

그들은 탐이와 같은 존재들이고 탐이와 같다면 나랑도
같다.
그러니 죄다 느낀다. 탐이처럼. 나처럼.

그렇게 생각하게 된 날부터 고기를 먹지 않는다. 끔찍한
일들은 돼지에게만 일어나는 게 아니기 때문이다. 최악
의 생과 고통과 죽음을 겪는 닭들, 소들, 그밖에도 무수
히 많은 종들. 사람들 입맛 때문에 태어나고 살고 죽는
존재들. 유발 하라리는 공장식 축산을 두고 인류 역사상
최악의 범죄라고 말했다. 미래에는 이것을 21세기의 홀
로코스트였다고 기억할지 모른다.
나의 비거니즘은 탐이에게 빚을 지고 있다. 그가 얼마나
생생한 존재인지 가까이서 오래 보지 않았다면 축산과
수산 현장에 관심을 가지기까지 오랜 시간이 걸렸을 것
이다. 지금도 너무 늦게 알게 됐다고 생각하지만 탐이가
없었다면 이보다도 더 늦었을 것이다. 탐이에 대한 사랑
과 그를 기른다는 것에 대한 죄책감과 그에게 느끼는 동

질감이 어떤 책임을 준다. 해야 할 일과 바꿔야 할 것들이 커다랗게 놓였다. 그건 '우리'라는 개념을 다시 정립하는 일이다. 혹은 '새로운 우리'를 발명하는 일이다.

나는 잘해보겠다고 탐이에게 약속을 한다. 만약 실패하더라도 더 낮게, 더 낮게 실패하겠다고. 탐이뿐 아니라 나와 내가 아는 모두에게 하는 약속이다. 탐이가 익숙한 눈길로 나를 바라본다. 우리는 서로 마주보며 얼굴이 내리는 명령을 듣는다.

이슬아

1992년 서울에서 태어났다. 글을 쓰고 만화를 그린다. 『일간 이슬아 수
필집』 『나는 울 때마다 엄마 얼굴이 된다』를 썼다. '일간 이슬아'의 발행
인이자 헤엄출판사의 대표이다. 파주의 한적한 집 마당에서 반려묘 탐이
가 노는 모습을 날마다 구경한다. 탐이를 사랑하다가 비건 지향인이 되
었다. 동물의 얼굴에서 이전보다 많은 것을 읽을 수 있게 되었기 때문이
다. 애니멀호더에게 방치되어 사람을 두려워하게 된 개 '슬이'와 일대일
결연을 맺었다. 엄마인 복희씨와 함께 '게으르고 즐거운 비건' 책을 준비
하고 있다.

이슬아

서로가 있어서
다행인—
장군이와
장군이에 대한
기억들

## 우리가 만나고 헤어져야 한다면━━━━━━━

이제 열여섯 살이 된 늠름하고 기특한 나의 개에 대해서 말하기 위해서는 이런 것들을 먼저 알려주어야 할 것 같다. 일단 나의 개는 이름이 '장군'이지만 전혀 용맹무쌍하지 않고 겁이 무척 많다고. 산책길에서 다른 개를 만나면 도망가고 때론 발등으로 물방울만 떨어져도 큰일이 난 듯 앞발을 들어 보이며 관심을 요구한다고. 사람과 살이 맞닿아 있어야 안심하고 잘 수 있어서 늘 가족 중 누군가에게 몸을 기대고 손님들이 시끄럽게 굴면 못마땅해하며 테이블 아래로 들어가 그 시간을 견딘다고,

모두가 돌아가기를. 돌아가서, 다시 이 집이 자기 세상이 되고 가족들이 자기 차지가 되고 마음껏 독점할 수 있기를.

나의 개는 이제 나이가 많이 들었지만 다행히 밥을 잘 먹고 자기가 원하는 것들을 당당히 요구하며 하루하루를 씩씩하게 보내고 있다. 어제 내가 한 일이 바로 장군이가 최근 입맛을 들인 새로운 간식 배 퓌레를 주문하는 것이었으니, 나는 장군이가 아직도 먹고 싶은 것이 많고 우리에게 받고 싶은 애정이 큰 것이 가슴이 벅차도록 기쁘다. 그렇게 해서 장군이가 내 곁에 있다는 것이, 때로 생각하면 눈물이 차오르는데, 그 감정에 너무 기울지 않도록 조심한다. 기쁘다, 다행스럽다, 는 말로 단순히 표현하기에 나의 개가 열여섯 살이라는 것, 개로 치자면 오래오래 장수했다는 건 조금은 다른 무게를 지니기 때문에.

장군이는 여섯 살이 된 해에 망막 박리로 시력을 완전히 잃었다. 같이 방에서 자고 일어나 평소처럼 거실로 나갔을 때 장군이가 갑자기 벽에 부딪치기 시작한 순간을 아직도 기억한다. 나는 눈이 보이지 않는다는 생각은 못하고 걸음을 이상하게 걷는다고 여겼다. 그래서 장군이에게 평소 좋아하는 작은 공을 굴려서 가져오게도 해보았는데 몇 번을 시도해도 장군이는 그 애지중지하는 공의 위치를 알지 못했다. 아주 길고 불안한 밤이었다.

서울의 병원에 가서 검진을 끝냈을 때 수의사는 여러 장의 사진을 보여주며 장군이가 시력을 완전히 잃었다는 사실을 설명해주었다. 국내에서는 고칠 수가 없다고 단언했다. 혹시 미국까지 가면 또 모를까. 우리 가족들은 동시에 할말을 잃었다. 그 와중에도 의사가 한 말, 이것은 유전적 질병이고 망막이 다 떨어져나갈 때까지 강아지가 표현하지 못하기 때문에 주인들이 알아차리기란 불가능하다는 그 말을 어떻게든 붙들고 싶어졌다. 내가 막을 수 있는 불행을 막지 못해 장군이가 그 캄캄한 세상에 갇혀야 한다면 나 자신을 어떻게 용서할 수 있을까. 그런 내 무지를, 부주의함을. 의사는 장군이가 한동안 오래오래 잠을 잘 거라고 했고 집 안의 가구 배치를 바꾸지 말라고 충고했다.

그날 장군이를 데리고 돌아오는 길에 근처에 살고 있던

언니네 집에 들렀다. 언니네 아파트에서 산책을 시켜보니 장군이는 걷긴 걸었지만 낯선 상황에 흥분했는지 침을 너무 많이 흘렸다. 자꾸 벽에 부딪치고 침을 흘리며 불안해하는 장군이를 보면서 나는 적어도 장군이나 다른 가족들 앞에서는 울지 않겠다고 다짐했다. 하지만 밖에서는 자주 울었다. 특히 회사에서. 화장실에 들어가 한참 울고 나오면 동료들이 이유를 묻기도 했는데, 그중 한 명은 내가 시력을 잃은 강아지 때문에 그런다는 사실을 받아들이지 못했다. 다른 이유가 있으리라고 짐작했고 자기 마음대로 그것에 대해 확신했다. 나는 그제야 '개'라는 대상을 바라보는 시각이 이렇게 다를 수 있다는 사실을 실감했다. 가족의 불행에 우는 건 자연스러운 일이었지만 그는 끝까지 그렇게 생각하지 않는 듯했다. 그에게 울 일이란 사람에 관한 것으로 한정되어 있었던 걸까. 그렇다면 그런 한정이 가져오는 이점은 무엇인가. 울 만한 대상의 불행이 있고 그렇지 않은 경우가 있다고 고집하는 것은. 그렇게 불행에 대해 열어두지 않고 닫아두는 것은 그를 안전하게 하나. 하지만 그렇게 타인을 인정하지 않는 방식으로 얻는 안전이란 역으로 얼마나 안전하지 않은가.

나는 무언가에 애정을 지니는 일이란 세상을 아주 복잡한 방식으로 이해하겠다는 용기라고 생각한다. 그를 사랑하는 순간 우리는 그가 위치해 있는 그 지점뿐 아니라 연결된 배경까지 모두 받아안아야 하기 때문이다. 장군이가 내 삶에 들어오면서 나는 생명을 가진 모든 것들을 장군이에 빗대어 받아들이는 자신을 발견하곤 했다. 자신에게 익숙한 정보를 가져와 어떤 상황을 해석하는 일은 아주 자연스러우니까. 나는 아기의 옹알이나 손짓, 종종거리는 비둘기의 몸짓, 길냥이의 신중한 걸음, 유유히 헤엄치는 연못의 물고기들이나 풀벌레들까지 장군이를 느끼듯 느꼈다. 이 경우 가장 큰 변화는 나와 무관하지 않다는 감각이 생긴다는 것이다.

사실 지금의 장군이는 내가 기른 첫번째 강아지가 아니다. 장군이가 우리 식구가 된 그해 봄, 우리는 같은 이름의 같은 시추종 강아지를 병으로 떠나보내야 했다. 시추 중에는 평소에도 혓바닥이 쏙 나와 있는 우리 가족의 용어로는 '메롱둥이'인 녀석들이 있는데, 첫 장군이가 그랬다.

첫 장군이는 우리집에 오면서부터 무수한 병치레를 했다. 무엇보다 재발을 반복했던 그 지긋지긋한 피부병이 생각난다. 병원을 다녀도 상태가 나아지지 않아서 오래전 강아지 때부터 약을 복용해야 했다. 엄마는 아마도 그때 먹은 피부과 약이 독해서 세 살밖에 살지 못한 것 같다고 말하곤 한다. 신장을 비롯한 장기들이 제 기능을 못해서 우리 곁을 떠났는데, 나는 동네 병원의 소개를 받아 분당까지 가서 아픈 장군이를 입원시킨 일을 두고두고 후회했다. 단 며칠의 입원으로 장군이 상태가 급격히 악화되었기 때문이다. 엄마는 아마 장군이가 우리가 자기를 버린 줄 알았을 거라고 가슴 아파하곤 했다. 우리는 그게 아니라 병을 낫게 해주려고 먼 도시까지 가서 입원을 시킨 것이었지만.

우리가 그 병원이 뭔가 석연치 않다는 생각을 하고 예정보다 일찍 데리러 갔을 때 장군이는 이미 상태가 좋지 않았다. 변을 잘 보지 못하는 아이를 병원은 제대로 닦아주지도 않은 채 케이지에 넣어두고 있었다. 우리는 나중에야 그 병원이 밤에는 지키는 사람조차 없다는 것,

그렇게 해서 아픈 장군이가 완전히 버려져 있었다는 것을 알았다.

장군이를 거기서 데려와 바로 서울의 더 큰 병원으로 옮겼을 때 우리는 더이상 해줄 것이 없다는 얘기를 들었다. 이상하게 그 병원에서 찍었던 엑스레이 사진이 뚜렷이 기억에 남아 있는데, 모든 장기가 제대로 기능하지 않는다는 의사의 설명과는 달리 내 눈에 그것은, 전혀 그렇지 않았기 때문이었다. 우리 장군이의 몸은 그런 말과는 상관없이 아주 건강해 보였다. 피가 돌고 있었고 어디가 부러지지도 않았고 따뜻했다. 그런 장군이에게 죽음이라니, 가망이 없다니, 전체 장기의 손상이라니. 이 사람 지금 무슨 말을 하는 거야, 라고 생각했다.

다시 집으로 왔을 때 우리는 걸어보라고 장군이를 엘리베이터에서 내려주었고 장군이는 천천히 걸어나갔지만 이미 하혈을 하고 있었다. 그때부터 내게 분당은 그렇게 근사한 도시로는 기억되지 못했다. 지금도 분당, 하면 병원이 떠오르고 분노와 원망을 느끼며 장군이를 데리고 나와야 했던 그날의 참담함이 생각난다. 화가 난 우리와 달리 그들은 그저 흔하게 겪는 어떤 절차를 다루듯

했다는 것을. 그때는 지금보다 마음이 여려서 제대로 된 항의도 하지 못하고 나와야 했다. 그 일이 있고 나서 사랑하는 대상을 지켜주기 위해서는 너무나 당연하게도 힘이 있어야 한다는 생각을 했다. 그리고 알아야 한다는 것. 알지 못하면 단순한 무지로 끝나는 것이 아니라 돌이킬 수 없는 상실을 겪어야 하기 때문에. 동물병원에서 아픈 장군이를 데리고 시간을 보내는 동안 그저 단순한 접종을 하러 오거나 미용을 하러 온 강아지들을, 그들의 주인을 얼마나 부러워했는지 모른다. 수액을 오래도록 맞는 장군이를 안고 말하듯이 저거 봐, 예쁘지, 우리도 나아서 가자, 산책하자, 라고 속삭일 때의 막막함과, 그래도 그것을 이기며 희망을 가져보려고 했을 때의 기억들.

장군이가 우리집에 왔을 때는 대학생이었지만 장군이가 떠날 때 나는 한 출판사의 인턴 사원이었다. 창피해서 그랬는지 인턴 생활에 그것이 감점이 될 수 있다고 여겼는지 슬퍼도 사무실에서는 울지 못했다(그러고 보면 두번째 장군이 일로 회사에서 울 수 있었던 건 그만큼 직급이 올랐다는 얘기이기도 한 것 같다). 점심시간이 되

면 혼자 뭔가를 먹으러 가는 척 빠져나와 어디 숨어서
울 만한 곳을 찾지 못해 동교동에서 신촌까지의 거리를
걸으며 울곤 했다. 그때는 지금과 달리 노점상들이 보도
를 차지하고 있어서 길은 비좁았고 자꾸 사람들과 마주
쳐야 했다. 그렇게 잠깐 머물렀다가 사라지는 시선쯤은
문제가 아니었다. 지금 내가 잃어버린 것에 비하면.

며칠을 그렇게 하다가 나는 외주 일을 하던 디자이너 언
니에게 들키고 말았는데, 회사 막내에게 사람들이 어떻
게 했기에 거리에서 우나, 하는 걱정을 들었다. 이윽고
회사 사람들이 알게 되었고 물론 선의로 무슨 일이냐고
물었지만 슬픔에 빠진 사람들이라면 으레 그렇듯이 그
관심과 질문들이 그때는 얼마나 부담스러웠는지. 슬픔
의 이유나 정도를 설명해야 한다는 무게가 버거워 화가
나기까지 했다.

우리 가족들은 첫 장군이를 잃은 슬픔을 아무도 극복하
지 못했다. 장군이의 마지막을 끝까지 지켜본 사람은 아
빠뿐이었다. 그 순간이 오자 아빠는 우리를 모두 나가
게 했으니까. 아빠는 막상 그날에는 별다른 말이 없다가
어느 날 내가 조심스럽게 물었을 때 고개를 흔들며 손

을 내젓는 것으로 그 고통을 전했다. 그것은 말하고 싶지 않다는, 말할 수 없다는 표현이었다. 장군이와 가장 많은 시간을 보냈던 엄마는 상실감을 좀더 직접적으로 느꼈다. 집에 혼자 있고 싶어하지 않아서 좀처럼 다니지 않던 문화센터에 나가서 뭔가를 배워보기로 했는데, 그때 엄마가 퀼트로 만들어 온 소품들이 지금도 생각난다. 그러니까 여러 천을 꿰매 솜을 넣어 만든 작고 푸릇한 사과 같은 것. 그 사과가 오래 기억에 남는 건 그렇게 슬픔에 빠진 우리집에 새로운 식구가 된 지금의 장군이가 그 사과를 좋아했기 때문일 것이다. 그 사과가 어떻게 해서 우리집에 있는지는 당연히 모르는 채, 장군이는 그걸 물고 다니며 장난을 쳤고 내게 던져보라고 가져오기도 했다.

나중에 나이가 좀더 들어 월급도 늘고 경차이지만 차도 생기면서 나는 첫 장군이에게 해주지 못한 많은 것들을 아쉬워했다. 더 좋은 간식을 사줄걸, 외출할 때 차로 데려다줄걸, 하는. 하지만 시간이 더 흐르자 그래도 그 시간들을 소중하게 여기게 되었다. 장군이를 가방에 넣어

버스를 타고 병원에 갔던 오래전 그날, 눈이 왔던 것. 버스에 사람이 많았는지 나는 서 있고, 얌전해서 어디 가서 크게 한번 짖지도 않았던 나의 강아지는 어깨에 메고 있는 가방 안에서 얼굴만 조금 내놓고 있는데, 눈이 오고 버스가 정차하고 창에 김이 서렸다는 것. 그 특별하지 않은 풍경, 왜 기억에 남았는지도 알 수 없는 그 장면이 왜 그렇게 중요하게 느껴지는지 모르겠다. 내가 차를 살 수 있고, 몰 수도 있는 어른이 되기 전, 너무 잦은 병치레를 해서 측은하고 약하게만 보이는 내 개와 함께 건너다본 그 낮의 눈 풍경이 왜 그 시절 나의 모든 것을 설명해주는 듯한지. 강아지가 든 가방을 메고 있었던 건 나인데 왜 그 작은 친구의 든든한 조력을 받고 있었던 것 같은지.

두 번 반려동물을 만나면서 내가 느낀 건 우리가 그들의 삶을 기억하고 지켜볼 뿐 아니라 그들 역시 그렇게 한다는 것이다. 때로는 떠나서도 한다. 어느덧 이제 이십여년이나 된 기억이지만 여전히 생생하게. 늘 소독약을 발라주어야 했던 작은 앞발이나 촉촉하고 부드러웠던 혓

바닥, 일을 보고 나면 늘 중요한 의식처럼 뒷발로 흙을 파묻으며 춤추듯 하던 동작과 그리고, 이런 장면들로,

첫 장군이를 데려왔던 2000년, 나는 내성적이고 예민하고 뭔가 해소되지 않은 감정들로 마음이 무거운 사람이었다. 그때나 지금이나 나를 위로해준 것은 읽는 것과 쓰는 것이었다. 강아지를 기르는 일은 한 번도 시도해보지 않은 아주 낯선 일이었다. 언니와 나는 어려서부터 소원이었던 반려견을 들이기 위해 부모를 오랫동안 설득했고 마침내 허락을 얻었다. 하지만 막상 데리고 온 뒤에는 강아지를 어떻게 해야 하는지 잘 알지 못했다.
우리는 일단 거실에 집을 놓고 신문지를 펼쳐놓았다. 그때 엄마는 강아지를 데려오면 자기는 절대 돌보지 않을 거라고 자기는 개가 싫다고 말했고(물론 나중에는 전혀 그렇지 않았지만), 언니와 나는 데려오기까지는 열의가 있었지만 자기 방에 데려가 재울 생각까지는 하지 못하고 있었다. 싫어서가 아니라 그래도 되는가 싶었기 때문일 것이다.
아무튼 밤이 되자 우리는 각자 방에 들어가버렸고 어린

강아지는 거실에 덩그러니 혼자 놓여 있었다. 그러다 한창 소설을 읽다가 눈을 들어보니 문간에 장군이가 서 있었다. 거실 한편에 숨어 울고만 있다가 조용하고 어두워지자 찾아나선 것이었다. 어둡지 않고 외롭지 않고 춥지 않은 무엇이 없을까 싶어서, 자기로서는 용기를 내서 거실을 건넜고 불 켜진 내 방을 발견했고 거기에 서서 나를 지켜보고 있었던 것이었다. 두 손에 무언가를 쥐고 무서운 집중력으로, 이 세상 모든 문학의 세계를 탐험하리라 헛된 희망에 부풀어 밤새 책을 읽어내려가고 있는 스물두 살의 나를. 그러고 나서도 뭔가가 미심쩍었던 강아지는 문간에 서서 망설이다가 나와 눈이 마주쳤다. 나도 그때 좀 당황했는데 그건 내가 거의 눕듯이 해서 책을 읽고 있었기 때문이다. 우리 시선은 거의 같은 높이에 있었고 그렇게 해서 서로를 바라보던 그 순간은 좀 재밌고 애틋한 기억이다. 확실히 강아지는 나를 믿지는 못하고 있었고 그때까지 다른 반려동물을 키워본 적도 없고(어려서 키워본 병아리 이외에는) 만지거나 안아본 적도 드물던 나는 그 순간 이제 어떻게 하지? 하는 생각을 했다. 이제 우리는 어떻게 되는 거지? 그리고 내가 그 생각을 미처 정리하기도 전에 장군이는 다가와서 책을 들고 있던 팔 사이로 몸을 들이밀었고 내 목덜미에 자기 얼굴을 묻었다.

지금도 그 장면이 참 따뜻하다고 느껴진다. 이후의 슬픈 이별에도 불구하고 당연히 좋은 기억이라고. 장군이도 나도, 서로 오랫동안 머물러주기 위해 많이 노력했다고, 이제는 생각할 수 있다. 그리고 그렇게 여기면 뭔가 축적 없이 한없이 뭔가를 잃어가기만 했다고 느껴지는 그 스무 살 언저리도 다행히 다르게 기억된다.


## 최선을 다해준다는 것

카라의 활동에는 늘 관심이 있었지만 이제야 일대일 후원을 시작하게 되었다. 많은 유기 동물들, 무책임하게 버려지고 잘못된 제도 안에서 제대로 보호받지 못하는 생명들. 반려동물을 키워본 사람들이라면 그들과 눈을 마주치고 냄새를 맡고 안아본 사람들이라면 지금의 유기 동물 문제를 무심히 넘길 수는 없을 것이다. 그 고통이, 슬픔이, 하루에도 몇 번씩 마음을 뒤흔든다는 것을 잘 안다. 동물 학대에 관련한 기사를 읽을 때마다, 집에서 언제 나왔는지 모를 강아지가 어디로 가는지도 모르는 채 마냥 걷고 있는 장면을 볼 때마다, 몸이 상한 길고양이를 맞닥뜨릴 때마다 우리는 삶을 살아간다는 것에 대해 무력하게 묻게 된다는 것.

내가 하지 않았다고 무관할 수 없고 내가 하지 않아도 어떤 이들은 감당하고 있다는 건 공동체가 주는 고난이자 위안이다. 동물권 향상을 위해 일하는 분들에 대한 존경과 고마움, 미안함은 그래서 항상 마음에 자리해왔다. 우리가 보탤 수 있는 시간이나 후원은 언제나 한정되어 있지만 그러한 참여의 의미는 결코 작지 않다. 왜냐면 우리가 이 문제의 참여자로 나서겠다는 뜻이기 때문이다. 무관하지 않다에서 한 발 더 내딛는 것, 그 적극성으로 우리는 고통을 느끼고 슬퍼하는 사람들에서 그것을 용납하지 않겠다는 용기를 지닌 사람들로 바뀔 수 있다.

카라 홈페이지를 방문하면 도움이 필요한 여러 동물 친

구들을 만날 수 있다. 그중에서 내가 결연을 선택한 친구는 사설보호소에서 고통받다가 구출된 다섯 살 '코코'다. 코코의 대부모 신청을 한 건 이런 말들 때문이었다. "코코는 겁이 많은 아이입니다. 가까이 가면 피하지도 못하고 얼음이 됩니다. 사람이 사라진 걸 확인하면 그제야 움직이고 밥을 먹습니다. 아예 반응이 없어 성격 파악조차 힘든 아이입니다." 설명과 함께, 그리 멋지게 나오지는 않은 코코의 사진을 봤을 때 나는 벽면 쪽으로 몸을 붙여 웅크리고 있는 코코의 모습을 상상해볼 수 있었다. 앞에서 카라의 어느 따뜻한 스태프가 다정하게 부르고 같이 먹고 놀자고 권해도 그 말들이 모두 차디찬 얼음결처럼 코코에게는 느껴지겠구나 하는 생각을 했다. 공포마저 인식하지 못하는 듯 보이는 상태, 그렇게 텅 비고 닳아버린 마음이란 어떤 것일까. 어떤 시간이 코코를 그렇게 만들었을까. 알 수 없는 일이다, 아니 충분히 알 수 있는 일이다.

나는 사람이 사람을 변하게 한다는 사실도 물론 믿지만 그 역할을 반려동물도 충분히, 어쩌면 그 이상 해낼 수 있다고 생각한다. 그건 마치 코코처럼 닫혀 있었던, 외로움과 상처로 꽉 차 있었던 내 마음이 달라지는 과정을 직접 경험했기 때문이다. 장군이와 장군이 덕분에, 가까이 있었던 내 반려견들 덕분에.

첫 장군이를 만났을 때 나는 내가 그렇게 누군가에게 헌신적일 수 있다는 사실에 놀랐다. 그 헌신이 강요나 책임감 때문이 아니라 자발적인 선택과 사랑 속에서 계속될 수 있다는 것에. 사람을 그리워하고 사람들 속에 있고 싶어하지만 그 마음을 유지하는 일 자체가 쉽지 않을 때도 많다. 나는 남에게 쉽게 상처받고 관계가 어려워 자주 혼자 있고 싶어하는 사람이기 때문이다. 생각해보면 그건 나 혼자만의 잘못이 아니라 그런 마음의 방향을 잡도록 여러 일을 겪었기 때문일 텐데, 그런 나에게 세상이 그렇지만은 않다고 존재 자체로 보여준 것이 바로 반려견들이다. 그런데 가만히 생각해보면 일상에서 장군이들이 했던 행동들은 나의 생명을 구해줬다거나 뛰어난 천재견의 면모를 보여주었다거나 하는 것이 아니라 그냥 장군이들인 채로 살았다는 점뿐이다. 그러고 보면 살짝살짝 얄미워질 정도로, 자기들에게 필요한 요구들을 척척 내놓으면서.

첫 장군이를 보내고 들여온 지금의 장군이는 아빠가 여전히 우리 집안 VIP라고 부를 정도로 자기 위주의 생활을 하고 있다. 시력을 잃고 나서는 더더욱. 우리 가족은 장군이가 그런 불편을 얻게 된 이후 가족여행은 물론이고 가족 모두가 외출하는 일도 거의 만든 적이 없다. 누군가는 장군이 옆에 있어야 한다는 사실이 자연스레 받아들여졌다. 어둠에 놓인 그 아이는 우리 목소리가 들리지 않으면 불안하고 무서워서 내내 짖기 때문이다. 웬만하면 짖지 않고 타인들에게도 관대한 장군이가 유독 컹컹 하고 큰소리를 낼 때는 자기가 혼자 있다고 느끼는 때다. 가끔은 밤에도 그렇게 우는데, 새벽에 문득 깨어서 포효하듯이 워우, 하는 것을 우리 가족들은 "늑대 울음소리 낸다"라고 표현해왔다. 어디서 읽은 바로는 그렇게 해서 동료들의 위치를 파악하는 것이 정말 늑대들의 습성이라고 한다. 그렇게 장군이가 혼자인 것이 싫다고 소리를 내면 우리는 안아주거나 손으로 다독여서 혼자가 아니라고 말해준다. 아무것도 보이지 않아서 답답하겠지만 변한 건 없어, 우리는 여기 다 같이 있어.

첫 등장에서부터 꼬리를 있는 대로 흔들고 제 세상 만난 것처럼 온 방을 누비고 다녔던 장군이는 이전 장군이와 아주 다른 강아지였다. 말썽을 부리지 않고 얌전했던 첫 장군이와 다르게 장군이는 몇 번 사고를 쳤는데 새 양말을 집어놓은 은색 코핀을 먹어버린 사건은 정말 마음이 철렁 내려앉은 일이었다. 그걸 먹은 장군이를 혼낼 수는 없으니까 그게 대체 누구 양말이냐, 양말은 왜 샀냐, 꼭 사야 했냐, 하면서 우리는 서로를 탓하며 싸웠는데 지금 생각하면 애탔던 가족들의 마음이 느껴지는 일이다.

첫 장군이를 잃고 나서 우리는 더더욱 장군이의 상태에 예민해져서 무슨 일만 있으면 서울의 2차 동물병원까지 달려갔다. 한번 그런 일이 있고 나서 다시 실수할 수는 없으니까. 하지만 시간이 흐르고 장군이가 잘 자라주면서 우리의 불안과 염려도 사그라들었다. 언젠가 동물병원에 갔을 때 의사는 내게 너무 예민해하지 마세요, 라고 충고했다. 나이가 많잖아요, 자연스러운 것이에요, 라고.

장군이가 어렸을 때 직접 닭근위를 사다가 간식을 만들어준 적이 있는데 그걸 너무 맛있게 먹은 나머지 배탈이 나고 말았다. 어쩔 수 없이 정말 내키지 않았지만 입원을 시키고 그다음날인가 면회를 가자 의사는 아주 피곤한 얼굴로, 하지만 상태가 좋아져 다행이라는 인사와 함께 내게 "장군이는 짖는 개예요"라고 말했다. 케이지에 넣으면 잘 참고 얌전한 개들이 있고 그렇지 않은 개가 있는데 장군이는 절대 혼자 있지 않네요, 라고. 주인들은 자기들의 반려동물이 잘 참고 예의바르고 착하다는 이야기보다 얼마나 버릇이 없고 이기적이며 제멋대로인가를 이야기하며 행복해하는 괴상한 사람들인데 생각해보면 자연스러운 일이다. 원하고 느끼는 것을 그렇게 가감 없이 분출하는 존재들이기에 사랑스러운 것이니까. 그래서 신뢰할 수 있는 것이니까.

개에게 열여섯이란 너무 많은 나이라서 지금 장군이는 전 같지 않게 많은 두려움들을 표출한다. 일단은 더이상 차를 타지 않는다. 차를 태우면 공황 상태에 빠져 비명을 지르고 지칠 때까지 버둥댄다. 지난해에 엄마 집에서 우리집까지 차에 태워 가야 했을 때 나는 이러다 장군이가 죽지 않을까 생각했다. 너무 울부짖어서, 안간힘을 쓰며 가만 있지 않아서. 그러다 차를 세워 밖으로 데려가면 언제 그랬냐는 듯이 멀쩡했다. 시력을 잃고 나서도 장군이는 때마다 차를 탔고 서울까지 병원을 오가기도 하는 강아지였다. 우리는 혹시 미용을 하러 갈 때 차를 태워서 그런가 생각했고 아니면 차 소리가 나면 우리와 잠시라도 헤어지게 되니까 그게 두려워서 그런가 의논했지만 장군이의 마음은 알 수가 없었다. 장군이의 두려움과 장군이의 노년을 이해하고 싶지만 내가 개가 아니라서 장군이가 사람이 아니라서 모두 알기란 불가능하다.

가끔 어느 날 갑자기 세상이 전혀 보이지 않고 냄새와 촉각만으로 공간을 짐작하고 목소리로만 가족들이 가까이 있음을 느껴야 하는 장군이의 상태에 대해서 상상한다. 장군이가 시력을 잃었을 때 의사는 개들은 원래 시각보다는 후각에 더 의존하기 때문에 우리 입장에서의 실명 상태와는 다르다고 했지만 걷다가 머리를 쿵 박는 일이 일상이 된 장군이를 보면 그다지 위안으로 삼기는 힘들다. 그 불편에 대해서는 마음이 아파 상상이 버거울 정도다.

언제부터인가 장군이는 힘주어 앞으로 걷기보다는 발을 약간 내밀어서 앞에 뭐가 있는지 확인하면서 살금살금 걷게 되었다. 한때는 내가 타는 자전거에 맞춰서 함께 뛰기도 했던 나의 강아지가 그렇게 속도를 늦추게 되었다는 것, 다른 방식으로 걷게 되었다는 것은 내게 어쩔 수 없는 슬픔으로 남았다. 아마 장군이가 지금까지, 열여섯 살이 될 때까지 오래오래 살아주지 않았다면 나는 세상을 훨씬 더 염세적으로 보게 되었을 것이다. 불운이란 얼마나 갑자기 찾아드는지, 얼마나 일상이 그것에 우울하게 잠식되는지, 삶을 얼마나 위축시키는지 확신했을 것이다. 하지만 나의 개는 그러지 않았다. 의사의 말처럼 두 달 정도는 내내 잠을 잤지만 어느 날부터인가 조금씩 자신의 패턴을 만들어갔다. 자주 울었던 나와는 달리 전처럼 왕성한 식욕을 되찾았고 마음 약한 엄마를 공략해 일주일에 두어 번은 치킨을 얻어냈고 적어도 큰 병은 앓지 않고 그 시간들을 견뎠다. 작가가 아니었던 내가 작가가 되고 몇 권의 책을 내고 이렇게 자기 이야기를 책으로 쓸 때까지 고맙게도 잘 지내고 있다.

장군이가 그렇게 지낸 건 그냥 생명이 지닌 본능이겠지만 죽음에 대해 특별한 상처가 있는 내게는 장군이가 마치 나를 위해 최선을 다해 견뎌준 것처럼 느껴진다. 나를 봐, 갑자기 떠나지 않지, 어디 한 부분을 잃었다고 모두를 다 저버리지 않지, 내가 너를 떠나지 않지, 당당하지. 그러면 나는 장군이가 지내온 그 시간들을 돌아보다가 금세 눈물이 차오르고 마는데 그건 지극한 고마움 때문이다. 어떤 어려움이 있어도 완전히 지지 않고 나도 살 수 있을 것처럼 느껴진다. 나의 개가 그렇게 살았기 때문에, 아니 세상의 많은 생명들이 그렇게 살고 있기 때문에. 🐕

김금희
2009년, 장군이가 발치를 따뜻하게 지켜주는 가운데 완성한 단편으로 작가가 되었다. 이후 씩씩하게 노견 생활을 누리는 장군이와 함께, 소설집 『센티멘털도 하루 이틀』 『너무 한낮의 연애』 『오직 한 사람의 차지』, 장편소설 『경애의 마음』, 짧은소설 『나는 그것에 대해 아주 오랫동안 생각해』를 펴냈다. 애니멀호더에게 방치되어 사람과 멀어지고 야생화된 개 '코코'와 일대일 결연을 맺으면서 좀 더 실천적인 맥락에서의 동물권 문제를 고민하게 되었다.

우리의 지금이 미래에는
'믿기 어려운 과거'가 되기를

최은영

얼마 전 이사를 했다. 멀리 이사가야 할 상황이었지만 끝까지 망설였던 건 동네에서 밥을 주던 길고양이들이 걱정되어서였다. 길고양이들 걱정에 절대 그 동네를 떠날 수 없다고도 생각했었다. 그리고 그렇게 하리라고 생각했다. 앞으로도 영원히 그 동네에 살겠다고.

사람 일이 종종 그렇듯이 계획은 미끄러지기 마련이어서 이번 봄, 나는 동네를 떠나야 했다. 거의 팔 년을 산 동네였고 길고양이들에게는 오 년 동안 밥을 주고 있었다. 나를 대신할 캣맘을 구해보려고 애를 썼지만 아무 연락이 없어서 이사가 지연됐다. 그러던 와중에 네이버

중랑구 TNR 카페에 내가 올린 글을 보고 어떤 캣맘께서 연락을 주셨다. 내가 밥을 주는 곳에서 걸어서 십오 분 정도 걸리는 곳에 사는 육십대 여성 분이었다.

고양이 밥을 주는 장소에 가니 흰 양말을 신은 턱시도 고양이 하나가 와서 밥을 기다리고 있었다. 그분은 자연스럽게 주머니에서 고양이 밥을 꺼내어 그애에게 주었고, 아이는 잘 받아먹었다. 아무 걱정 하지 말고 이사가라고, 자기가 알아서 잘 주겠다고, 여기에서의 일을 잘 정리하라고 말씀하는 그분의 모습을 보며 나는 감사하고 안도한 마음에 눈물이 났다.

이야기를 들어보니 그 캣맘은 우리 동네의 고양이만 챙기는 분이 아니었다. 우리 동네와 옆 동네의 여러 장소를 돌며 매일 밥과 물을 챙겼다. TNR을 시키지 않으면 밥 주는 것이 무의미한 일이라고 구청에서 해주는 TNR뿐 아니라 사비로도 아이들의 TNR을 진행했다. 매일 이일을 하는 동안 십 킬로그램이 빠지고, 고양이 밥에 쥐약을 타놓겠다는 협박도 여러 번 들었다고 했다. 그래서 눈에 띄지 않도록 어두운 색 옷을 입고 해가 저문 시간에 밥을 주러 다닌다고 했다. 고양이에게 밥을 줄수록 사람이 무서워져서 가슴이 두근거린다고 했다.

이사를 가기 며칠 전에 그분을 다시 만나서 한참 이야기를 나눴다. 그분은 캣맘 생활을 하며 구조한 고양이 일곱 마리, 그리고 개 한 마리와 함께 살고 있다고 했다. 지속적인 허리 통증이 있고 경제적으로도 풍족한 상태가 아니지만 자신에게 캣맘 생활은 '브레이크 없는 자동차'를 탄 것과 마찬가지라고 했다. 한번 시작한 이상 멈출 수가 없다고. "내가 아무리 아프고 힘들어도 길에 사는 애들만 하겠어요? 내가 도울 수 있으면 도와야지." 그분은 이 일을 하며 사람들과도 많이 싸웠다고 했다. 지치고 힘들다고, 자기도 여기까지 오게 될 줄 몰랐다고 했다.

그분은 오십대까지만 해도 고양이를 잘 몰랐다고 했다. 평생 개만 키워봤는데 어쩌다 고양이 한 마리를 구조하게 되었고, 그러다보니 길고양이들이 눈에 들어왔다고 했다. 눈에 밟혀서 밥을 주다보니 멈출 수가 없었고, 인터넷으로 정보를 찾아보고 TNR을 하지 않으면 의미가 없다는 사실을 알게 된 후로는 TNR도 시작했다고 했다. 눈에 밟히기 시작하니 밥을 주는 구역도 늘어났다. "나도 내가 이럴 줄 몰랐어요. 어쩌다보니."

나는 매달 일정한 날짜에 아이들이 먹을 사료와 간식을 그분께 보내기로 약속하고 이사를 했다. 그러다 예전 주소로 택배를 보내는 실수를 해서 지하철을 타고 예전 동네에 가서 택배를 가져와야 했는데, 이삿날에도 만나지 못했던 노랑이를 봤다.

노랑이를 처음 본 건 2013년 겨울이었다. 작은 치즈 고양이였는데 그해 겨울에는 몇 번 사료를 주기만 했다. 본격적으로 밥을 준 건 2014년이었다. 밥을 준 곳에서 밥을 줬던 시간에 노랑이가 기다리고 있다는 걸 안 이상 멈출 수가 없었다. 노랑이는 매일 정오가 되면 내가 밥 주는 곳 근처에 있다가 내가 도착하면 낮은 자세로 걸어가 조심스레 밥을 먹었다. 그러기를 만으로 오 년이었다. 나와 노랑이는 그렇게 오 년을 매일같이 본 사이였다.

노랑이는 신중한 고양이여서 내가 밥을 주는 오 년 동안 나와 언제나 일정한 거리를 유지하며 결코 가까이 다가오는 법이 없었다. 그런데도 내가 멀리서 보고 있자면 밥을 먹다가도 나를 빤히 보고 '눈 뽀뽀'를 하곤 했다.

내가 길에서 잠시 서 있기라도 하면 화단에서 "야옹" 소리가 났다. 그쪽을 보면 늘 노랑이가 있었다. "야, 나 노랑이야! 나 여기 있다고! 안녕, 안녕!" 하고 인사하는 것 같았다.

이삿날에는 너무 이른 시간에 밥을 주러 가서 노랑이를 보지 못했다. 그런데 택배를 가지러 간 날, 지하주차장으로 이어지는 화단을 뚜벅뚜벅 걸어가는 노랑이의 뒷모습을 보게 된 거였다. 노랑이는 적어도 만으로 여섯 살이다. 확실히 나이든 태가 났다. 집고양이는 여섯 살이면 한창때지만 길고양이의 시간은 다르게 흐르는 것 같다.

내가 밥을 주는 구역에는 노랑이를 중심으로 몇몇 고양이들이 드나들었다. 수풀이 우거진 곳에 줘서 내가 밥을 주고 있다는 사실을 아는 사람도 없었고 눈에 띄지도 않았다. 고양이들은 그 수풀에서 휴식을 취하곤 했다. 수풀 안에서 어정쩡한 자세로 낮잠을 자는 고양이들을 보면 반갑고 좋으면서도 언제나 걱정이 되고 마음이 아렸었다.

길고양이에게 밥을 주면서 별 감정 없던 겨울도 싫어졌

다. 그 시기에 길에서 태어난 아기 고양이, 어린 고양이, 아픈 고양이, 약한 고양이는 추위를 버틸 수가 없다. 튼튼한 성묘라고 하더라도 겨울은 피부를 찢는 고통으로 다가올 것이다. 봄이 되고, 아직 찬바람이 부는 날씨여도 밥 주는 곳 근처에 와서 일광욕을 하는 고양이들을 보면 고맙고 대견한 마음이 들었다.

사람의 미래는 조금도 예측할 수가 없다는 생각을 요즘 들어 더 많이 한다. 고등학생 때까지만 해도 나는 길고양이가 무서워서 피해 다니는 사람이었다. 길고양이가 발정기에 내는 울음소리를 들으면 귀를 막고 달렸다. 내 주위에도 고양이를 반려동물로 키우는 사람이 없었다. 엄마도 고양이가 뱀만큼 무섭다고 말했다. 고양이를 싫어하는 사람들 사이에서 자라다보니 나도 자연스레 고양이를 무서워하고 싫어했던 것 같다.

그런 게 혐오의 본질 아닐까. 제대로 알지도 못하면서, 알려고 하지도 않으면서 무턱대고 싫어하고 무서워하는 거. 단 한 마리의 고양이와도 알고 지내지 않았으면서, 알아보려고 하지도 않았으면서 막연하게 부정적인 이미지를 그리면서 쳐다보려 하지도 않았던 것.

지금은 애묘가 중의 애묘가가 된 엄마에게 물어봤다. "엄마는 예전에 왜 고양이를 싫어했어?" 하니 엄마가 "어떻게 그럴 수가 있었지?" 자문했다. "아니, 고양이가 얼마나 예쁜데 내가 어떻게 고양이를 싫어할 수가 있었지? 예전에 에드거 앨런 포 소설 「검은 고양이」를 읽고 고양이가 무서워진 것 같아. 그리고 고양이가 요물이라고 어른들이 그러고 다 싫어했잖아. 그래서 그런 것 같아."

그런 우리가 어쩌다가 아기 고양이 한 마리를 키우기 시작하면서 모든 것이 바뀌었다.

우리 첫 고양이 레오는 2003년 11월생으로 2019년 7월 현재 만으로 십오 년 팔 개월째 살고 있다. 레오는 지금 많이 아픈 상태다. 얼굴이나 하는 짓은 아직도 어린애 같은데 우리 가족은 지금 레오의 마지막을 준비하고 있다. 이런 일에 마음의 준비가 무용하다는 것을 알면서도 나는 줄곧 생각하곤 한다. 그래도 레오는 크게 아프지 않고 잘 지냈고 항상 사랑받았어. 겉으로는 영영 떠나는 것처럼 보여도 보이는 것이 전부가 아니니까 다시 만날 수 있어. 그러니 레오가 겪을 수 있는 최소한의 고통만

최은영

겪고 편하게 가기만을 바랄 뿐이야.

나는 이 생각을 망상이라고 여기지 않는다. 사후라는 것이 있는지 없는지, 그게 어떤 모습일지 전혀 알 수 없다는 걸 인정하면서도 이것이 우리의 끝은 아니라는 생각을 하게 된다. 동물 친구를 떠나보낸 뒤 나는 이런 생각을 그저 소망이 아니라 확신으로 받아들였다.

레오를 시작으로 나는 미오와 마리, 포터를 입양했다. 감사하게도 레오와 미오, 포터는 여전히 내 곁에 있지만 마리는 육 년 전 무지개다리를 건넜다. 방금 문장을 쓰면서 벌써 그 일이 육 년 전의 일이구나, 라고 깨닫게 됐다. 마리랑은 고작 일 년 조금 넘게 같이 살았는데 그 이후에도 육 년의 시간을 매일같이 그리워하고 있으니 이건 무슨 인연인 걸까.

마리는 건강한 어린 고양이였다. 아직도 마리의 마지막 모습이 떠오른다. 침대 위에서 미오와 같이 앉아서 나를 바라보던 모습이. 그게 마지막이 될 줄은 몰랐다. 무슨 이유인지 마리는 그 이후에도 내 꿈에 한 번도 나오지 않았다.

마리가 무지개다리를 건너고 내가 정신을 못 차리고 있

을 때, 나에게 과외를 받던 중학생 아이가 이런 말을 했다. "선생님은 죽으면, 죽어서 눈을 뜨면 반겨줄 고양이들이 많겠어요." 그 아이의 사려 깊은 말을 듣고 나서부터 나는 그 장면을 종종 그려보곤 했다. 아침에 눈을 뜨면 고양이들이 야옹 하고 내게 다가오듯이, 죽은 뒤에 눈을 뜨면 대수롭지 않은 얼굴로 내게 걸어올 고양이들의 모습을. 그때는 모든 그리움이 해소되고 너무 짧았던 시간의 아쉬움이 다 채워질 것이다. 나는 그런 식으로 생각하고 있다.

마리의 죽음은 너무 순식간이었기에 마음의 준비를 할 시간이 없었다. 그때는 그런 생각을 했다. 차라리 한동안 아프다가 갔으면 작별 인사라도 할 수 있었을 텐데, 지금보다 덜 고통스러웠을 텐데. 이기적인 생각이라는 걸 알면서도 그때는 그렇게 믿었다. 내가 이렇게 고통스러운 건 마리에게 작별 인사할 시간조차 없었다는 이유가 크다고. 그럴 수 있었다면, 적어도 일주일이라도, 사흘이라도, 하루라도 인사할 시간이 있었다면 내가 이렇게 고통스럽지 않았을 거라고.

그러나 지금의 나는 다르게 생각한다. 내가 마리를 잃어서 고통스러웠던 건 그 이별의 방식 때문이 아니었다. 나는 마리를 사랑한 만큼 고통받았고, 마리를 사랑한 만큼 애도해야 했다. 나는 아직도 마리를 잃은 상실을 애도중이고 아마 이 애도는 내가 죽을 때까지도 이어질 것 같은데, 그건 내가 그만큼 마리를 마음을 다해 사랑했기 때문이다. 마리가 다른 방식으로 무지개다리를 건넜다고 해서 내가 느꼈을 고통이 줄어들지는 않았을 것이고, 내가 덜 울지는 않았을 것이다. 그저 사랑한 만큼 아픈 것이다. 마리를 상실한 방식이 문제가 아니었다. 적어도 나에게는.

고양이가 뭐라고 저렇게 오버하는 거야? 누군가는 그렇게 생각하리라는 것을 나는 안다. 예전의 내가 그랬으니까. 어릴 때, 키우던 강아지가 무지개다리를 건너서 울던 친구를 보며 나는 별다른 감정을 느끼지 못했다. 너무 슬퍼서 한 달 내내 울었다는 얘기를 들으면서 그 마음이 무엇인지 이해하려고 했지만 알 수가 없어 난처했다. 나는 동물을 사랑해본 적이 없는 사람이었다. 사람과 관계된 일에는 쉽게 공감할 수 있었지만 동물과 관련된 일에는 어떻게 공감해야 하는지 알지 못했다. 그 마음의 밑바닥에는 '그래봤자 동물이잖아'라는 생각이 자리했던 것 같다.

'동물이잖아.' 이 말은 예전의 나와 내 주변 사람들의 생각이자 동물에 관련된 민감한 이슈에 언제나 등장하는 말이기도 하다. 사람도 아닌데 그렇게 대할 수 있지. 사람도 아닌데 어떻게 살든 그게 무슨 문제야. 동물권 관련 이슈는 언제나 조심스러운 문제였다. 동물'권'이라고? 불쌍한 사람들이 얼마나 많은데 사람부터 도와야지 동물은 무슨, 같은 말들.

'동물은 사물인가. 동물은 감정이 없나.'

동물과 제대로 된 소통을 해보지 않고서는 이 질문에 답하기 어려울 것이다. 일찍이 데카르트는 동물을 '움직이는 기계'라고 말했다. 그의 논리에 따르면 동물에게는 인간과 같은 이성이 없으므로, 보다 더 나은 작동을 위해 마음껏 때리고 함부로 대하는 것은 문제가 될 것이 없다. 어느 날, 길가에서 마부에게 채찍질당하던 말을 보고 니체는 그 말에게 다가가 데카르트를 용서해달라고 빌었다. 데카르트의 논리로 돌아가는 세계에서 동물을 다른 방식으로 사고한 니체는 광인으로 이해되었을 것이다.

'동물은 사물인가. 동물은 감정이 없는가.'

이제 나는 이 질문에 확신을 갖고 답할 수 있다. 동물은 사물이 아니다. 동물도 감정이 있다. 동물의 기본적인 욕구에는 관심받는 것, 사랑받는 것, 감정적인 교류가 포함된다. 동물 또한 신체적인 쾌와 불쾌를 인간만큼 느낀다는 것은 자명한 사실이다. 포유류 같은 경우 모든 종이 '쓰다듬기touching'에서 불안 감소와 편안함을 느끼며 이는 신체를 통한 감정적 교감이다. 모두가 알고 있듯 개의 뇌는 인간의 뇌와 유사하며, 개는 인간의 언어적, 비언어적 표현을 어린아이 수준으로 이해한다.

개는 공감한다. 개는 인간이 느끼는 슬픔과 분노, 기쁨과 외로움을 모두 인지할 수 있으며, 인지하는 것에서 끝나는 것이 아니라 깊이 공감한다. 공감은 인간에게도 자동적으로 부여된 능력이 아니다. 원초적인 수준의 공감조차 하지 못하는 인간을 우리는 얼마나 많이 알고 있나. 그렇지만 개는 깊은 수준의 공감을 하고 인간을 위로하기 위한 능동적인 반응을 할 수 있는 능력이 있다.

나는 지금까지 네 마리의 고양이를 키웠고, 고양이에게

도 깊은 감정이 있다는 것을 잘 알고 있다. 고양이는 먹고 싸고 울기만 하는 사물이 아니다. 내가 키운 네 마리의 고양이는 몇몇 일반적인 특성들을 제외하고 모두 다른 성격을 지녔다.

레오는 말이 별로 없고 자기주장이 강하지 않은 편이다. 낯가림이 심하고 엄마를 제일 좋아한다. 가족이 아닌 다른 사람들은 가까이만 다가가도 경계하면서 가족에게는 은근히 다가와 옆에 앉아 있는 걸 좋아한다. 그러나 가족도 가족 나름이어서 내가 너무 가까이 다가가거나 자기가 원하지 않는 상황에서 만지면 화도 낸다. 엄마는 어느 상황에서 만져도 모두 다 허용해준다.

미오는 자기주장이 강하고 말이 많은 편이다. 감정 기복도 심한 편이어서 기분좋을 때는 한없이 골골송을 부르고 핥아주다가도 불쾌한 감정이 일면 소리쳐서 표현한다. 사람에게 정말 많이 의존하는 고양이로 밤에 잘 때 항상 몸을 붙이고 잔다. 알고 보면 제일 다정한 고양이다.

마리는 내가 키웠던 고양이 중에 가장 순한 고양이였다. 말수도 별로 없고 미오와도 잘 지냈다. 까다로운 부분이 하나도 없는 개냥이 중의 개냥이었다. 잠을 잘 때는 항상 내 배 위나 내 목(!) 위에서 잤고 아침에 일어나서 눈을 뜨면 천둥소리 수준의 골골송을 부르면서 나를 반겼다. 어디에 앉아 있든 바로 무릎 위로 올라와서 골골거렸다. 그러면서도 낯을 가려서 손님이 오면 장롱 안으로 들어가 숨곤 했다.

포터는 질투가 많은 편이다. 포터야, 불러도 오지 않다가 미오를 쓰다듬으면 그 소리를 듣고 득달같이 나와서 미오 말고 자기를 쓰다듬어달라고 요구한다. 내가 미오에게 다정하게 말이라도 걸면 미오에게 걸어가서 미오의 얼굴을 치기도 한다. 벌러덩의 고수여서 화장실에 가려고 걸으면 총총 앞으로 걸어와 벌러덩 드러눕는다. 자기에게 집중해달라는 말이다. 그러면 나는 다정한 톤으로 이런저런 말을 하면서 포터를 쓰다듬고, 포터는 기쁨의 골골송을 부른다.

내가 이 아이들을 알지 못했더라면 나는 여전히 길고양이를 싫어하고, 동물에 대해서도 피상적인 수준에서 생각했을지 모른다. 내가 한 인간으로서 세상 모든 동물에 대한 기득권자라는 것을 뼈저리게 느끼지 못했을지도 모른다. 펫숍 거리를 걸으며 마음이 찢어지지도 않았을 것이고, 시골 마당에 짧은 줄로 당겨지듯 묶여 있는 개들을 보고 마음 아플 일도 없었을 것이다. 동물 학대에 관한 뉴스를 보고 분노는 했겠지만 잠을 설칠 정도로 가슴 아파하지도 않았을 것이다. 채식주의자들을 보고 '그래도 고기는 먹어야지'라고 말하면서 채식주의자이면서 비건이 아닌 사람들에게는 '물고기도 고기잖아'라고 빈정대는 사람이 되었을지도 모르겠다.

내 세상은 지금보다 훨씬 더 좁았을 것이고, 나는 그 좁은 세상에서 지금보다 더 편한 마음으로 살았을 것이다. '그래봤자 동물이잖아'라는 논리 하나로 눈을 가리고 고통받는 동물들에 대해 말하는 사람들을 보며, 반쯤 불편해진 마음으로 그 말을 하는 사람들을 도리어 비난했을지도 모르겠다. 얼마나 편했을까, 그 무심함 속에서 나는. 알면 알수록 마음이 아픈 것이 동물에 관한 일들이라는 생각이 든다. 알지 못했다면 분명 마음이 더 편했겠지만 내 세상은 좁고 삭막했을 것이다.

많은 사람이 동물권을 사치스러운 개념으로 생각하는 것 같다. 사람도 살기 힘든데 동물의 삶까지 고려해야 하냐는 생각이다. 그러나 나는 인간으로서 추구할 수 있는 모든 좋은 가치들은 추구하면 추구할수록 고갈되지 않고 오히려 다른 영역에까지 퍼져나간다고 생각한다.

대학을 다니며 이런 이야기를 많이 들었다. 여성 인권은 노동자 권리 다음으로 생각해야 한다는 말이었다. 자본주의의 모순이 해소되면 여성 인권 문제도 자연히 같이 해소되리라는 논리였다. 지금 생각해보면 무슨 이런 말도 안 되는 소리가 있지, 싶지만 그때는 그런 이야기를 하는 사람들이 있었다. 여성 인권 운동은 배부른 여자들의 징징거림 정도로 해석되고 진지한 문제로 다뤄지지 않았다. '해일이 이는데 조개나 줍고 있다'라는 말이 나온 것도 그때의 일이었다. 많은 사람이 그 발언에 동의했던 것을 기억한다.

'(이것 말고) 먼저 처리해야 할 일이 있다' '(이보다) 더 중요한 권리가 있다'라는 말은 기득권의 언어다. 부정의를 인식하고 이를 개선하고자 하는 모든 운동은 저마다의 가치가 있으며 우열이 없고 사실상 많은 경우 서로의 가치를 공유하고 뿌리가 얽혀 있다.

여성, 어린이, 청소년, 노인, 장애인의 인권이 보장될수록 남성, 성인, 젊은이, 비장애인의 인권이 퇴보하나. 이런 식의 이분법은 완전한 환상이며, 이런 환상을 사람들 안에 불어넣어 실제로 이익을 보는 이들이 누구인지 생각해볼 필요가 있다. 대부분의 여성 노동자가 비정규직으로 일하고 있는 것이 자본주의만의 모순 때문일까, 아니면 여성의 노동 자체를 사소한 것으로 평가절하하고 경력을 쌓을 시점의 여성들에게 출산과 육아의 책임을 전가하는 가부장적 시스템이 결합한 문제일까.

여성 인권 문제가 가시화되고, 소수자 문제가 진지하게 논의되고 전반적인 인권 기준이 올라갈수록 우리 모두는 보다 더 정의롭고 자유로운 세계에서 살아갈 수 있다. 사람을 이런 식으로 대하면 안 되지, 라는 사회적인 합의의 폭이 넓어지면 넓어질수록 우리 모두는 더 안전하고 정의로운 사회에서 살 수 있다.

나는 한국 사회가 잔인함에 굉장히 관대한 나라라는 생각을 하곤 한다. 읽고 있기 고통스러울 정도의 기사들이 거의 매일 쏟아지고, 미성년자에 대한 성폭력 뉴스가 끊이지 않고 나오는 이 사회에서 가해자들은 언제나 배려받고 이해받는 것처럼 보인다. 이미 기울어진 운동장에서 '중립'을 취하는 것만으로도 기득권의 편에 서는 것과 마찬가지인데 법과 사회적 시스템은 놀라울 정도로 기득권의 편에 서 있다. 나는 이 모든 문제의 밑바닥에는 타자의 고통에 공감할 줄 모르는 정신이 스며 있다고 생각한다. 그 정신을 나는 '잔인함'이라고 말하고 싶다. 공감하지 못하면 사람은 자연스럽게 잔인해질 수밖에 없다. 타인에게 공감하지 못하는 사람은 타인이 자신만큼 상처받을 수 있는 존재라는 것을 상상하지 못한다. 타인도 자신만큼의 존엄이 있는 존재라는 것을 상상하지 못한다. 한국 사회를 살아가다보면 어떤 사람들은 어떤 사람보다 더 많은 존엄을 부여받은 것처럼 보인다. 기득권에 속한 사람은 더 많은 공감을 받고, 더 쉽게 공감받을 수 있다. 그러나 모습이 쉽게 드러나지 않는 소수자는 작게나마 자기 목소리를 내기 위해서 존재를 걸어야 하고, 쉽게 의심받으며, 분명한 감정조차도 공감받지 못한다. 하물며 인간의 언어 자체가 없는 동물은 인간에 의해 얼마나 쉽게 타자화될 수 있는지, 별다른 의식 없이 인간은 동물에게 얼마나 잔인해질 수 있는지.

동물의 권리를 생각하자는 것은 동물을 인간처럼 대하자는 이야기가 아니다. 우리 인간 집단이 동물에 대해서

철저한 기득권이며, 의식 없이 동물을 대할 때 얼마든지 잔인해질 수 있다는 사실을 인정하자는 말이다. 인간과 동물 사이에는 차이가 있다. 그러나 그 차이가 한쪽이 한쪽에게 일방적인 고통을 가하는 것을 정당화해주지는 않는다. 이곳이 사자와 사슴이 같이 풀을 뜯는 에덴 동산이 아니라는 것을 알고 있다. 생명을 유지하기 위해서는 결국 다른 생명을 취해야 하는 원리를 부정하는 것도 아니다. 그렇지만 이 정도까지 잔인해질 이유는 없다는 말을 하고 싶다.

'개 공장' '고양이 공장'에서 아이들을 번식시켜 상품으로 전시하여 팔고, 동물들을 '구입'하여 때로는 '반품'하고, 유기하고, 유행에 따라 다른 아이들을 사는 것에 어떤 제재도 가하지 않는 법이 잔인하다. 인간이 남긴 음식물 쓰레기로 사료를 만들어 동족에게 동족의 살을 먹게 하고, 부패한 음식물 쓰레기를 그대로 급여하여 동물들을 병들게 하고 죽게 하는 방식이 잔인하다. 사육장에서 개를 키우고 죽이는 방식이 잔인하다.

나는 우리 존재가 타자와의 관계에서 형성된다고 생각한다. 그리고 인간 존재와 개는 이미 오랜 시간 동안 깊은 유대와 공감을 나누었다고 생각한다. 앞에서도 말했듯이 개는 인간과 정서적 교류가 가능하며 개들은 어린아이 수준의 지능과 정서적 욕구를 지니고 있다. 토양이 척박하고 먹을 것이 없었던 시대에 키우던 개를 먹던 풍습이 있었던 것은 사실이지만 먹거리가 풍족한 지금도 개를 그런 식으로 잔인하게 키우고 때려 죽여 먹는 것은 불필요하고 가슴 아픈 일이라고 생각한다. 개와 인간의 관계성을 생각해보자면, 개가 인간과 어느 수준까지 깊게 공감하고 교류할 수 있는 존재인지 고려하자면, 우리는 그렇게까지 잔인해지지 않아도 된다.

내가 이번에 카라에서 일대일 결연을 맺은 '연아'는 시골의 떠돌이 개였다. 연아는 복날에 개를 잡아먹으려는 마을 사람들이 설치한 덫에 걸렸다. 연아의 친구는 사람들 손에 죽었지만, 연아는 도망가서 숨어 있다가 구조자에게 구조되었다. 그러나 이미 앞다리와 뒷다리가 덫에 크게 다쳐서 두 다리를 절단하는 수술을 받아야 했다. 우리 이렇게까지 해야 하나요. 나는 그렇게 묻고 싶다. 이렇게까지 다른 존재에게 고통을 주면서까지 살지 않아도 되는 거 아닌가요.

동물의 마음에 가까이 다가갈 때면 나도 사람이 두렵고 무섭다. 그렇지만, 그럼에도 불구하고 세상에는 약한 존재들, 아프고 도움이 필요한 존재들에게 힘이 되어주는 사람들 또한 존재한다. 연아를 구조해주신 구조자님, 하루도 쉬지 않고 봉지 밥을 들고 다니며 곳곳의 길고양이들에게 밥을 주는 캣맘 선생님이 있는 것처럼. 그리고 소망하게 된다. 동물과 사람 사이의 관계가 몇몇 사람들의 희생이나 선의에만 기댄 것이 되어서는 안 된다고. 우리는 촘촘한 그물망을 같이 짜야 한다. 이 척박한 환경에서 카라와 카라 회원들이 지금껏 해낸 일들처럼. 미래의 세대들에게 지금의 현실이 '믿기 어려운 과거'가 될 때까지. 🐈

최은영
1984년 경기도 광명에서 태어났다. 2013년 『작가세계』 신인상으로 등단했다. 『쇼코의 미소』『내게 무해한 사람』을 썼다. 복날, 덫에 걸린 채 도망치다 다리를 잃고 구조된 개 '연아'와 일대일 결연을 맺었다.

# 사랑의 날들

---

## 초여름 산책

백수린

사랑의
날들

내가 키우는 강아지는 짧은 견생에 여러 개의 이름을 가
져왔다. 세상에 태어났을 때 처음으로 부여받은 이름은
'뽀리'였다. 큰집에서 키우던 아롱이가 낳은 여러 마리
의 자식 중 가장 체구가 작았던 그 강아지에게 뽀리라는
이름을 붙여준 것이 큰엄마인지 사촌언니들인지는 잘
모르겠다. 하지만 어느 설날, 갓 태어난 강아지들을 본
후 그 귀여움에 흠뻑 빠진 동생이 그중 뽀리를 키우고
싶다며 우리집에 데려왔을 때부터 뽀리는 더이상 뽀리
로 불리지 않았다. 참신한 이름을 붙이는 데 특별한 재
능을 지닌 동생이 강아지의 새하얗고 보드라운 털에 영

백수린

감을 받아 뿌리를 '붕대'로 다시 명명했기 때문이다. 붕대라는 이름은 독특하고 귀여워 온 가족의 지지를 받았다. 하지만 몇 년 후 붕대는 새로운 이름을 다시 한번 부여받는데, 그 이유는 붕대가 유난히 병치레가 잦았기 때문이다. 생명을 위협하는 수많은 고비를 넘긴 끝에, 동생과 나는 이 모든 것이 혹시 이름 탓은 아닐까 하는 미신적인 생각을 하기 시작했다. 그리고 우리는 강아지가 건강하게 오래오래 살기만 했으면 좋겠다는 마음으로 새로운 이름을 강아지에게 지어주기로 결정을 내렸다. 이름에 이미 적응한 강아지를 너무 혼란스럽게 하지 않았으면 좋겠다는 이유에서 발음의 유사성을 따져가며 새로 고른 이름은 '봉봉'이었다. 프랑스어로 사탕을 뜻하는 봉봉Bonbon은 상냥하고 사랑스러운sweet 강아지에게 잘 어울리는 이름 같았다. 하지만 불행하게도 이렇게 이름을 자주 바꾸다보니 가족 구성원 모두에게 봉봉이란 이름은 낯설기 짝이 없었고, 동물병원의 서류들이나 동물등록증에는 봉봉이란 이름으로 정정 기록된 우리 강아지는 봉봉과 붕대의 중간쯤의 형태로—이를테면 붕달이라든지, 봉구라든지 봉봉구라든지—아무렇게나 불리기에 이른다. 이것만으로도 충분히 많은 이름을 지닌 셈일 텐데, 봉봉이게는 사실 이름 하나가 더 있다. 그 이름은 바로 '재롱'이다.

어느 밤, 일대일 결연 신청할 강아지를 찾기 위해 동물권행동 카라 사이트를 살펴보던 중 '재롱'이라는 아이에 눈길이 간 것은 그 때문이다. 보살핌을 받지 못해 반야생이 되었고, 사람을 무서워한다는 암컷 강아지, 재롱. 그 이름을 보는 순간, 나는 별 고민 없이 이 아이와 결연을 맺기로 결심했다. 왜냐하면 '재롱'은 봉봉의 또다른 이름이기도 했으니까. 몇 해 전 돌아가시기 전까지 나와 함께 살았던 할머니는 '붕대'이던 시절에도 '봉봉'이던 시절에도 한결같이 나의 강아지를 재롱이라고 불렀다. 할머니는 "할머니, 재롱이가 아니고 봉봉이!" 아무리 가르쳐드려도 "응, 그래그래, 봉봉" 하고 나서는 돌아서면 다시 "재롱아"라고 강아지를 불렀다. 오래전 할머니가 기르던 개의 이름이 재롱이었기 때문이라는 사실을 알고는 있었다. 할머니가 젊었던 시절 살던 집 마당에 묶어놓고 길렀다던 개.

나와 동생은 봉봉을 기르는 방식 때문에 할머니와 마찰을 빚을 때가 많았다. 먹다 남은 밥을 먹이며 개를 길러왔던 할머니로서는 할머니가 봉봉에게 사람 음식을 주려 할 때마다 말리는 이유를 납득하기 어려웠을 것이다. 할머니는 눈을 찌르게 생겼다며 가위로 봉봉 얼굴의 털을 아무렇게 잘라놔 강아지를 못난이로 만들기도 했고, 할머니의 얼굴을 핥으려 할 때면 손으로 봉봉의 얼굴을 때려—세게 때린 것은 아니지만—우리를 경악하게 만들었다. 할머니로서는 내가 개와 한 침대에서 잠을 자는 것이나, 개를 품에 안고 아침저녁으로 약을 먹이는 광경이 이상해 보였을 것이다. 하지만 나는 이제 할머니가 할머니의 방식대로 봉봉을 사랑했음을 안다.

본가에 살 때 봉봉은 전화벨이나 초인종이 울리면 요란하게 짖으면서 할머니 방으로 달려가곤 했다. 일찍부터 청력이 안 좋아진 탓에 전화가 오거나, 누군가가 초인종을 눌러도 알아채지 못해 곤란을 겪던 할머니는 봉봉이 방으로 달려와 짖어대면 "재롱아, 전화왔냐? 누구 왔어?" 하면서 자리에서 몸을 일으켰다. "얘가 내 귀다"라고 말하며 봉봉의 머리를 쓰다듬어주던 할머니. 평소엔 조금도 짖지 않는 봉봉은 할머니가 돌아가시고 안 계신 지금도 본가의 전화벨이나 초인종이 울리면 다급하게 짖으며 달려온다. 마치 할머니가 손을 뻗어 머리를 쓰다듬어주길 바라는 것처럼. 그럴 때마다 나는 할머니를 대신해 봉봉의 머리를 쓰다듬는다. "잘했어, 잘했어."

아무런 준비도 없이 강아지와 동거하는 삶을 시작하게 되었지만, 강아지를 키우면서 깨닫게 된 사실은 생명을 가진 존재는 모두 다 개별적이고 고유하다는 것이다. 봉봉과 함께 살기 전, 내게 세상에 존재하는 모든 개들은 그저 '개'에 불과했다. 하지만 봉봉을 만난 이후, 나는 모든 개들이 성격도, 표정도 다르다는 사실을 알게 됐다. 개의 성격은 주인을 닮는다는 말을 자주 듣는데, 그것은 자연스러운 일인 것 같다. 오랫동안 함께 살아온 부부의 얼굴이 닮듯, 서로 사랑하고 상호작용하는 개와 주인은 서로를 닮아갈 수밖에 없으니까. 하지만 가끔 그런 생각을 하면 나는 봉봉에게 미안해진다. 집 붙박이인 주인을 만나 봉봉은 유난히 집에 있길 좋아하는 강아지가 되어버렸으니까. 늦은 새벽에야 잠드는 주인 탓에 봉봉은 밤 열두시쯤은 되어야 생기 도는 눈을 반짝이며 놀자고 장난감을 가져오는 야행성 강아지이기도 하다. 내향적이고 낯선 개를 경계하는 봉봉을 볼 때마다 내가 좀더 활달한 사람이라면 봉봉의 삶이 훨씬 더 즐거움으로 가득하지 않았을까 속상한 마음이 들 때도 있다. 다행인 것은 그럼에도 불구하고 봉봉이 나보다 훨씬 더 상냥하고, 사람을 좋아하고, 신뢰하는 존재라는 사실이다. 봉봉이 누구에게나 봄날의 햇살처럼 밝고, 이 세계를 보풀이 일어난 친숙한 담요 속처럼 부드럽고 안전하게 느끼는 것은 봉봉이 온 가족의 사랑 속에 컸기 때문일 것이다.

첫사랑, 첫 입맞춤, 첫눈. 세상의 모든 첫번째가 소중하듯 인생의 첫 강아지는 특별할 수밖에 없다. 봉봉이 온전한 나의 첫 강아지가 된 것은 자신의 첫 강아지였던, 다른 도시에 살고 있는 큰엄마의 집까지 찾아가 강아지를 받아올 정도로 애정을 주었던 봉봉을, 동생이 결혼하면서 나에게 양보했기 때문이다. 봉봉이 나를 더 잘 따

르는 탓이기도 했지만 나는 동생이 그런 선택을 한 결정
적인 이유가 직장에 매일 출근할 수밖에 없는 동생과 제
부와 함께 지내는 것보다 프리랜서라 집에 있는 시간이
압도적으로 더 많은 나와 지내는 것이 봉봉의 삶을 위해
더 좋을 것이라는 판단 때문이었다는 사실을 안다. 어떤
커다란 사랑은, 상대를 위해 보내주는 방식으로 표현될
수 있다는 것을 나는 동생에게 배웠다.

우리는 어떠한 몸짓이 사랑이라는 것을 어떻게 알게 될
까. 본가를 떠나 봉봉과 단둘이 처음으로 한 오피스텔에
서 원룸을 구해 잠시 살았던 적이 있다. 독립을 하기로
한 뒤부터 걱정이 되었던 것은 봉봉이 새집에 잘 적응
할까 하는 것이었다. 특히 내가 봉봉을 두고 외출을 할
때, 낯선 집에 혼자 버려졌다고 느끼면 어떻게 하나 하
는 걱정에 이사를 결정한 후 오랜 날들 동안 밤잠을 설
쳤다. 아니나 다를까, 이사를 한 직후 봉봉은 내가 현관
쪽으로 가기만 해도 혼자 두고 가지 말라고 나에게 다가
와 매달렸다. '내가 널 버리고 가는 게 아니야.' 나는 내
가 나가더라도 언제든 다시 돌아올 거라는 걸 이해시켜

주기 위해 신발을 신고 현관 밖에 나가 삼십 초씩, 일 분씩, 오 분씩 며칠 동안 서 있다 다시 집안으로 들어왔다. 문 뒤의 너는 어떤 표정을 짓고 있을까, 마음 졸이면서. 내가 돌아올 때마다 세상을 다 가진 것처럼 행복해하던 강아지.

무엇이 되었든 생명을 가진 존재는 한없는 사랑을 필요로 한다. 그리고 무한한 사랑을 받으며 성장한 존재는 사랑을 줄 줄 안다. 봉봉은 차갑고 이기적이기만 하다고 생각한 내 안에도 사랑이 이렇게나 많이 숨어 있었다는 것을 처음으로 알려준 존재다. 봉봉이 먹고 싶어 어쩔 줄 몰라 하는데 목숨을 잃을까봐 어떤 음식을 먹지 못하게 막거나, 고통스러워하는데도 병원에서 치료를 받게 해야만 할 때, 나는 자유의지를 주었다면서 내가 원하는 바를 이루지 못하게 만들고, 누구보다 사랑한다면서 때때로 도저히 납득할 수 없는 시련을 내게 주는 신의 뜻을 어렴풋하게나마 이해할 수 있을 것 같았다.

나는 보호소에 있다는 재롱이를 한 번도 본 적 없다. 내가 재롱이에 대해서 아는 것은 그 아이가 열악한 환경의 보호소에서 구조되었고, 사람을 무척 무서워해서 곁을 주지 않지만 사람이 없는 곳에선 이불 뜯는 것을 무척 좋아하는 말괄량이라는 사실뿐이다. 하지만 내가 재롱이에 대해서 아무것도 모른다 하더라도 나는 그 재롱이가, 나의 재롱이처럼 그렇게 사랑스럽고 소중한 존재라는 것만은 안다. 그 아이 역시 누군가의 사랑을 충분히 받았다면 사람을 두려워하지 않고, 누구에게나 쉽게 다가가고, 검고 부드러운 눈으로 자기를 바라보는 사람을 가만히 응시하는 것만으로도 세상의 모든 기쁨과 행복을 전할 줄 아는 존재로 자랐을 것이다.

어느 여름밤이었다. 자고 있는데 천둥번개가 치기 시작했다. 장마가 시작되는 걸까? 갑작스러운 소리에 놀라 잠에서 깨어나 천둥소리를 무서워하는 봉봉을 찾는데, 발치에서 자고 있던 봉봉이 어느새 내 얼굴 쪽으로 다가와 있었다. 창문을 두드리는 빗소리와 천둥소리로만 가득한 어둠 속에서 나는 내 몸에 닿는 강아지의 둥글고 따뜻한 엉덩이의 곡선을 느끼며 새삼 깨달았다. 이

연약한 아이는 나를 온전히 신뢰하고 있구나. 내가 위험
으로부터 자신을 지켜줄 거라는 것을 전적으로 믿고 있
구나. 그런 생각이 들자 감사하는 마음이 일었다. 우리
가 살면서 누군가에게 이토록 전폭적인 신뢰를 받는 일
이 얼마나 있을까? 괜찮다고, 손을 뻗어 봉봉의 머리를
쓰다듬자, 나의 강아지가 고개를 돌려 내 손을 정성스럽
게 핥기 시작했다. 너도 무섭지, 괜찮아, 라고 하는 것처
럼. 내가 악몽을 꾸다 소리지르며 어둠 속에서 깨어나
는 밤마다 내게 다가와 얼굴을 핥아줄 때처럼. 강아지의
눈을 가만히 들여다볼 때면, 나는 이 넓은 우주에서, 우
리가 만나 이렇게 서로에게 특별해질 수 있게 만든 힘
이 무엇일지 궁금해지곤 했다. 우리의 존재가 서로에게
깃들고, 이렇게 서로를 비춰주는 조그만 빛이 될 수 있
게 해준 그 힘이. 말도 통하지 않고 종마저 다른 둘 사이
에 사랑의 시간이 쌓여 서로가 서로의 불안을 잠재울 수
있는 존재로 거듭날 수 있다면 그것은 이미 기적이 아닐
까? 빗줄기가 조금씩 잦아들었다. 비도, 천둥도 곧 그치
고 어둠은 새벽의 빛으로 허물어질 거였다. 하지만 예상
보다 아침이 늦게 찾아오더라도 괜찮다고 나는 생각했

다. 강아지가 좀더 내 몸 가까이 파고들었다. 아주 오랜
만에, 행복하다는 느낌.

초여름
산책

볕이 좋은 날에는 집 앞에 난 성곽길을 따라 산책하는 사람들을 쉽게 볼 수 있다. 해가 기울기 시작하고, 열어놓은 창을 타고 선선한 바람이 불어오면 나도 작업하던 문서를 노트북에 저장하고, 책상 근처에서 잠들어 있는 봉봉과 산책할 준비를 한다. 봉봉이 다리를 다친 이후, 우리의 산책은 봉봉을 품에 안고 내가 걷는 방식으로 이루어진다. 가끔 봉봉이 걷고 싶어하는 것 같으면 산책로에 내려놓기도 하지만 수의사의 조언대로 억지로 걷게 하진 않는다.

내가 '강아지'라고 부르지만 생물학적으로는 노령견으

로 분류되는 봉봉은 지난해 여름, 산책을 하다가 십자인
대를 다쳤다. 봉봉을 동물병원에 데려갔을 때 수의사 선
생님은 나이를 고려하면 일어날 수 있는 일이었다고 말
하면서, 수술을 할지 말지를 결정해야 한다고 설명했다.
십자인대가 손상된 경우, 완치될 수 있는 유일한 방법
은 수술밖에 없지만, 봉봉의 나이와 앓고 있는 심장질환
을 생각하면 전신마취를 할 수밖에 없는 수술을 감행하
는 것이 최선인지는 생각해보아야 한다는 말도 덧붙이
면서. 한 생명을 책임지고 키우면서 가장 두려운 순간은
이처럼 무언가를 내가 결정해야 할 때다. 아픈 강아지에
게 의사를 물을 수는 없기 때문에, 최종 선택은 언제나
온전히 나의 몫인데 무엇이 가장 최선의 선택인지 내가
알 수 없다는 사실이, 어쩌면 오히려 그 선택이 내가 돌
보고 지켜줘야 할 존재를 고통스럽게 하는 것일지도 모
른다는 사실이, 언제나 나를 두렵고 겁이 나게 한다.
다행히 봉봉은 수의사 선생님과 여러 차례의 상담 끝에
우리가 차선책으로 선택한 보조기에 잘 적응했고, 그 덕
분에 수술을 받지 않아도 일상생활을 할 수 있게 되었
다. 하지만 그후로 봉봉은 산책을 나가도 잘 걷질 않는

다. 산책하다 다친 탓에 심리적인 두려움이 생긴 것일
수도 있고, 아니면 많이 걷기엔 다리가 아직 불편하기
때문일 수도 있다고 수의사 선생님은 설명했다. 어느 쪽
이 사실이라도 마음이 아팠지만, 내 마음을 더욱 아프게
했던 것은 나이가 조금 더 어렸다면 산책할 수 있도록
훈련을 강제하거나 수술 같은 치료를 고려하겠지만, 봉
봉의 경우엔 일상생활에 지장이 없다면 그냥 이대로 지
내는 게 더 좋을 것 같다는 말이었다. 오랫동안 봉봉을
보아온 수의사 선생님의 말엔 애정과 배려가 담겨 있다
는 것을 알면서도, 그런 말을 듣고 나면 슬퍼지는 것은
어쩔 수 없는 일이다.

봉봉을 보물처럼 품에 안고 성곽길을 따라 걷는다. 낮엔
더웠다는데 다행히 해가 지자 바람이 불고, 강아지는 늘
그렇듯 호기심 어린 눈으로 주변을 둘러본다. 성곽 끝까
지 걸었다가 집으로 돌아오는 길, 토끼풀 냄새를 맡으라
고 강아지를 잠시 내려놓았는데 지나가던 한 할아버지
가 우리에게 다가와 강아지가 몇 살인지를 물어본다. 할
아버지는 "우리집에도 개가 하나 있었는데, 작년에 죽

백수린                                                      125

었어. 그런데 지금도 그렇게 눈에 밟혀"라고 말하고는 한참 동안 나의 강아지를 내려다보다 다시 가던 길을 천천히 걸어간다. 토끼풀 냄새를 맡는 게 지겨워졌는지 안아달라고 보채는 강아지를 품에 안고, 나 역시 느리게 성곽길을 따라 다시 집으로 걷는다.

초여름, 빛이 사그라지는 시간에는 특유의 정취가 있다. 모든 사물들은 윤곽이 흐려지고, 그 대신 냄새와 소리가 부풀어오른다. 초여름 밤 성곽길을 훑는 바람에는 풀냄새와 라일락 냄새가 섞여 있다. 나의 강아지의 동그란 엉덩이를 받쳐 안은 채, 돌담을 따라 조깅하는 사람들, 날렵하게 풀숲으로 몸을 날리는 길고양이들, 목줄이 팽팽해지도록 주인을 앞질러 달리다가 다른 개를 보면 커다랗게 짖거나 엉덩이 냄새를 맡으려고 달려드는 어린 강아지들을 바라보며 걷다가, 나의 강아지와 처음으로 산책을 시도했던 오래전의 일을 떠올렸다. 아파트 단지 내 화단 위에 내려놓자, 태어나 처음 발바닥에 닿는 흙과 풀의 감촉이 낯선지 걷지를 못하고 그 자리에 굳어 있던 손바닥만한 몸집의 작고 여렸던 생명체.

고백하자면 나는 처음부터 강아지를 좋아한 사람은 아니었다. 좋아하기는커녕 나는 꽤 오랫동안 강아지를 무서워했다. 언제부터 그렇게 강아지를 무서워했는지는 잊었지만 강아지 때문에 곤란했던 에피소드 몇 가지는 생생히 기억하고 있다. 그중 하나는 초등학교 시절 어느 명절 때의 일이다. 그즈음 외갓집에는 강아지가 한 마리 생겼다. 푸들이었던 것 같은데, 종이야 뭐였든 간에 강아지를 보자마자 나는 울며불며 외갓집에 강아지가 있는 줄 알았다면 오지 않았을 거라고 떼를 써 엄마를 곤란하게 만들었다. 결국 외할머니는 강아지를 작은방에 가두기로 결단을 내리셨다. 그 덕분에 나는 집에 돌아가지 않고 그날 하루 사촌들과 즐겁게 놀 수 있었다. 불행은 작은방의 문을 누군가가 아무 생각 없이 연 순간 시작되었다. 문틈 사이로 강아지와 내 눈이 마주친 것은 찰나에 불과했다. 대체 그 강아지는 어떻게 안 것일까? 자신이 갇혀 있어야만 했던 것이 나 때문이라는 사실을. 우리의 눈빛이 교차했던 그 짧은 순간 강아지는 모든 것을 파악한 듯 쏜살같이 문틈으로 빠져나왔다. 그리고 누가 말릴 새도 없이 내 등을 물었다. 크게 다치지는 않았지만 그후로 강아지에 대한 내 두려움이 더욱 커져 나는 강아지 근처에도 가지 못했다.

그러던 내가 강아지의 충실한 동거인이 된 것은 십여 년 전의 일이다. 동생이 큰엄마네서 데려온 강아지는 태어난 지 오십여 일밖에 되지 않아 주먹만큼 작았고 짖을 줄도 몰라 다행히 무섭지 않았다.

동생이 강아지를 데리고 온 첫날 밤, 강아지가 방문 밖에서 하염없이 울었다. 어미와 헤어져 낯선 집에서 맞는 밤을 무서워하는 것이 틀림없었다. 그 조그만 아이가 우는 것이 안쓰러워 나는 동생이 거실에 마련해둔 강아지 집 앞에 누워 강아지가 잠들기를 기다려주기로 마음먹었다. 내가 앞장서자 강아지는 그 조그만 발로 열심히 내 뒤를 따라왔다. 하지만 잠들었다고 생각해서 방으로 돌아오면 얼마 안 있어 강아지는 다시 방문 앞에 와서 울었다. 나는 강아지가 불쌍해 하는 수 없이 강아지를 침대 위에 들였다. 처음 만져본 강아지의 몸은 보드랍고 아주 따뜻했다. 뒤척이다가 강아지를 질식시키는 것은 아닐까 걱정하며 나는 그렇게 그날 밤 작은 생명체와 동침했다. 그 이후로 십수 년 동안 우리가 계속 침대를 공유하게 될 거라고는 상상도 하지 못한 채. 그 작은 체구로 나의 허벅지 위에 힘겹게 올라와 자리를 잡고 자던 작은 강아지. 아마 그 순간이었을 것이다. 아무런 준비 없이 강아지와 사랑에 빠져버린 것은.

지금의 봉봉은 하루 중 많은 시간을 누워 있거나 자는데 쓰고, 공을 던져달라고 물어오거나 산책을 하다 새를 봐도 용맹스럽게 달려들거나 하지 않지만, 아직 아기 강아지였을 때 봉봉은 작은 말썽꾸러기였다. 어린 시절 반려동물과 살아본 적이 없었던 나와 내 동생은 무척 서툰 보호자였다. 특히 강아지와 같이 살 거라고는 단 한 번도 생각해본 적 없던 나는 봉봉이 무럭무럭 자라면서 치는 크고 작은 사고들 앞에서 당황할 때가 많았다. 배변 훈련 기간 동안 화장실 앞의 발 매트나 작은방 바닥에 실수를 하는 일은 예사였고, 이가 나기 시작한 후로는 바닥에 놓인 연필이나 펜은 무조건 망가뜨렸다. 플러스펜 뚜껑을 물어뜯어 하얀 털 주변에 빨간 잉크를 묻힌 채 나를 보며 해맑게 꼬리를 흔들거나, 도서관에서 대출한 책의 모서리를 너덜너덜하게 만들고, 화장실 휴지통을 뒤집어엎던 봉봉. 내 배 위로 거침없이 뛰어내리고, 소파 등받이 위에 고양이처럼 앉아 있길 좋아하던 용맹스러운 아기 강아지는 동생이 사다주는 강아지용 장난감에는 별로 관심이 없었고, 비닐봉지나 휴지, 우리가 신다 벗어놓은 양말을 사냥하며 노는 것을 유난히 좋아했다. 덕분에 나의 양말에는 언제나 아주 작은 구멍들이 여기저기에 나 있곤 했다.

에너지가 넘치고 말썽꾸러기다보니 위험한 일을 겪은 적도 많았다. 자장면을 먹은 빈 그릇을 할머니가 잠깐 베란다 바닥에 내려놓은 사이 남아 있던 자장 소스를 깨끗이 핥아먹기도 하고—강아지는 짠 음식을 먹으면 안 된다—음식물 쓰레기통을 뒤져 우리가 먹다 버린 치킨 뼈를 씹어 먹어서—씹으면 잘게 부서지는 탓에 개가 삼켰을 때 식도나 내장에 치명적인 손상을 입힐 수 있으므로 닭뼈 역시 개들이 절대 먹어선 안 되는 음식으로 알려져 있다—우리를 기겁하게 만들기도 했다. 한번은 봉봉이 프라이드치킨을 먹겠다고 식탁 위에 올라가 있었던 적도 있다. 봉봉이 체구가 작아 침대나 소파에도 혼자 오르지 못하고 매번 올려달라고 낑낑댔기 때문에 먹다 남은 치킨 박스를 식탁 위에 두면 안전할 거라고 생각했던 게 실수였다. 외출하러 나갔다가 깜박 두고 나온 물건을 찾으러 급히 다시 집으로 돌아와보니, 몇십 분 전까지만 해도 소파에 올려달라고 나를 보채던 봉봉이 식탁 위에 올라가 있는 게 아닌가? 도대체 그 조그만 아이가 어떻게 식탁 위까지 올라간 것인지 놀랍고, 저러다 다쳤으면 어쩌나 심장이 쿵 내려앉았지만, 동시에 또 얼마나 웃음이 나오던지. 박스에서 치킨을 꺼내 문 채 나를 돌아보며 '너 왜 벌써 왔어?' 하는 눈빛으로 당황해하던 얼굴이란.

집으로 돌아오는 길, 봉봉을 품에 안고 걷는 내 옆으로 리드줄을 묶지 않은 강아지 두 마리가 주인을 앞장서서 달려간다. 저만큼 달려가는 강아지들을 보면서 오래전, 딱 한 번이지만 봉봉이 그렇게 야외를 달렸던 날을 생각한다. 봉봉이 산책에 익숙해졌을 무렵, 자유롭게 뛰어놀다가 주인이 부르면 쏜살같이 달려오는 개에 대한 로망을 지니고 있던 동생과 나는 여러 번 망설인 끝에 어느 날 리드줄을 풀어줘보기로 마음을 먹었다. 봉봉이 잘 걸을까? 부르면 우리한테로 올까? 처음엔 무슨 일인지 영문을 알 수 없어 하며 가만히 있더니 몇 초 후 난생처음 자신이 완벽히 자유로운 상태에 놓여 있다는 걸 깨닫고는 한 번도 본 적 없는 속도로 달리기 시작했던 봉봉. 주체할 수 없는 자유를 만끽하려는 듯, 세상에 대한 두려움 같은 것은 모른다는 듯, 봉봉은 당황한 우리가 아무리 이름을 불러도 절대 돌아보지 않고 그저 신이 나서 달렸다. 동생과 나의 협공으로 금세 잡혀 두 번 다시 리드줄 없이는 산책을 하지 못하게 되었지만.

이제는 어디로든 전력을 다해 달리지 않지만 예전보다 훨씬 깊고 다정한 눈을 지닌 나의 강아지가 안긴 자세가 불편한지 엉덩이를 움직인다. 봉봉아, 눈부시게 철없고 해맑던 우리의 날들은 어느 사이에 저만큼 멀리 달아났을까? 영원할 줄만 알았던 그 많은 날들은. 나는 걸음을 멈추고, 강아지의 동그란 정수리에 입을 맞추며 기도하듯 속삭인다. 우리에겐 아직 많은 날들이 남아 있다고. 내가 이름을 부르자 무슨 일이냐며 봉봉이 나를 올려다본다. 나의 강아지, 나의 천사, 언제나 나의 초라한 정원을 환하게 만들어주는 작은 꽃. 봉봉아, 너의 심장이 조금씩 지쳐가고 관절과 인대가 조금씩 닳아가는 것을 확인할 때마다 나는 네가 뜻하지 않게 내 인생에 걸어들어와 나에게 주었던 그 많고 많은 기쁨들을 생각해. 그럼에도 불구하고 너에게 더 잘해주지 못했던 것이 미안할 앞으로의 그 많고 많은 날들에 대해서도. 🐕

백수린

봉봉의 고향이기도 한 인천에서 태어나 유년 시절을 보냈다. 주먹만했던 봉봉이 무럭무럭 자라는 동안 대학을 졸업했고, 대학원을 다녔으며, 그러던 중 경향신문 신춘문예에 단편소설이 당선되어 소설을 쓰고 사는 삶을 시작했다. 자괴감과 회의감 사이를 오갈 때마다 한없이 부드럽고 상냥하게 응원해주는 봉봉이 있어 소설집 『폴링 인 폴』 『참담한 빛』, 중편소설 『친애하고, 친애하는』을 펴낼 수 있었다. 어느새 세월이 주는 지혜를 너무 많이 알아버린 봉봉이 조금이라도 더 행복하고 건강하게 오래 살기를 기도하는 나날 중 사설보호소에서 방치된 채 야생화된 개 '재롱'이를 알게 되어 일대일 결연을 맺었다.

# 혼자 산책하는 개

백세희

## 모든 것은 눈앞에 있어 ─────────

"모든 것은 눈앞에 있어. 우리는 손만 뻗으면 돼." 김중혁 소설가의 단편소설 「무용지물 박물관」의 첫 문장이다. 내가 좋아하는 문장이기도 하다. 소설에서는 디자이너인 주인공과 시각장애인들을 위한 라디오를 진행하는 메이비라는 인물이 나오는데, 메이비가 주인공에게 시각장애인용 라디오 디자인을 의뢰하면서 이야기는 시작된다.

이 글에서 소설의 줄거리를 말하려는 건 아니다. 단지 앞에 인용한 문장과 시각장애 이야기를 잠깐 하자면,

백세희

대학생 때 나는 시각장애에 관해 아는 것이 별로 없었다. 내가 속한 세계가 아니었기에 알 수도 없었고 구태여 알려고 하지도 않았다. 하지만 「무용지물 박물관」을 읽고, 그해 갑작스럽게 발병했던 녹내장 수술을 받고 난 뒤에는 자연스럽게 시각장애에 관심이 생겼다. 그리고 점자블록을 알게 되었다. 우리가 걷거나 뛰는 보도블록 사이에 함께 깔린 울퉁불퉁한 노란색 블록. 그게 시각장애인의 안전을 위한 블록이라는 걸 처음 알게 된 것이다.

그때 이 문장이 떠올랐다. 모든 것은 눈앞에 있다. 우리는 손만 뻗으면 된다. 몇십 년 동안 셀 수 없이 많은 길을 걸었으면서도 한 번도 점자블록을 의식하거나 의문을 품은 적이 없었다. '노란색 블록이 있구나' 정도도 생각한 적이 없다. 보이지 않았기 때문이다. 그즈음 내가 얼마나 많은 것을 못 본 채로 눈을 감고 있는지 생각하게 됐다.

## 유기견과 함께 사는 일

나는 강아지 세 마리, 고양이 한 마리와 함께 살고 있다. 한 마리는 어릴 때부터 가족과 함께 키운 열여섯 살 시 추 '쥬딩', 한 마리는 유기견이라 정확한 나이를 알 수는 없지만 대략 일곱에서 여덟 살 정도로 추정되는 몰티즈 '수지', 그리고 수지가 낳은 세 살 '부기', 마지막으로 동 생이 유기묘 보호소에서 입양한 한 살짜리 봄베이 고양 이 '짱이'.

수지는 처음 만났을 때 머리끈을 하고 있었다. 길게 자 란 머리털을 하나로 모아 묶고 있었는데, 잔뜩 엉킨 털 과 끈, 그리고 엉망으로 길러진 털과 그 색깔이 수지가 얼마나 오랜 시간 버려져 있었는지를 짐작하게 했다. 몇 년 전 길거리에서 우연히 마주쳤던 수지는 간식을 주자 집까지 계속 따라왔었다. 시간이 조금 지나면 갈 줄 알 았는데 끝내 가지 않았다. 그런 동물을 외면하는 건 힘 든 일이기에 밥을 먹이고 씻긴 후 병원에 데려갔고, 수 의사는 적어도 육 개월 이상 떠돈 것 같다고 말했다. 반 려인을 찾지 못하면 안락사당할 게 분명했고, 찾으려고 했지만 쉽게 나타나지 않았다. 선택의 여지가 없었다.

거리 생활을 한 탓인지 수지는 밖에서 만나는 강아지나 고양이, 새를 아주 싫어하고 경계했다. 식탐도 강했고 눈치를 자주 보았다. 그리고 약을 먹이거나 목욕을 시키거나 발톱을 깎아줄 때도 절대 반항하거나 거부하지 않았다. 늘 조용히 옆을 지키는 모습은 마치 부모한테 버려지지 않기 위해 애를 쓰는 어린아이 같은 느낌이었다.

한 소설과 녹내장이라는 질환이 내게 낯선 문을 하나 열어준 것처럼 수지 역시 마찬가지였다. 반려동물과 함께하면서도 유기 동물 문제에는 억지로 눈을 감고 있던(나를 힘들게 만들 것이 뻔한 진실을 정면으로 마주하는 게 두려웠다) 나는 유기 동물과 함께 살게 된 후에야 비로소 그 세계에 눈을 떴다. 후원을 시작했고 보기 힘든 영상이나 글을 조금씩 보거나 읽게 되었으며, 길거리의 유기 동물 역시 자세히 관찰하게 되었다. 얕게 발만 담갔을 뿐인데도 괴로움과 죄책감, 분노, 슬픔 등의 감정이 반복되었고 더불어 묘한 책임감도 생기기 시작했다. 하지만 나는 늘 생각만 가득할 뿐 구체적인 행동은 주저하고 피하는 겁쟁이기에, 동물을 버리는 주체가 그저 같은 인간이라는 데에서 오는 죄책감만 느낄 뿐이었다.


## 혼자 산책하는 개, 진돌이

오 년 동안 파주로 직장을 다녔고 마지막 삼 년 정도는
아예 파주에서 살았다. 내가 살았던 동네는 어느 정도
상권이 형성되어 있고 서울로 가는 고속도로와 가까웠
기에 도시(?)와 비슷하긴 했지만, 조금만 걸어나가면
산이 있고 논밭이 가득했다. 도시와 시골의 중간쯤에 있
는 듯한(사실 시골에 더 가깝다) 느낌이 좋았고 모든 건
물이 낮아서 예쁜 하늘과 노을을 볼 수 있다는 점, 사람
이 별로 없고 한적해서 반려견과 산책하기에 수월하다
는 점이 가장 좋았다. 하지만 겨울이 혹독하게 추웠고
유기 동물이 많았다(내 눈에 유독 잘 보였던 거겠지만).
집은 회사와 버스로 십 분 정도 떨어진 곳에 있었는데,
퇴근 후에는 자주 집까지 걸어가고는 했다. 논밭 사이를
걸으며 종종 마주치는 순한 강아지나 고양이에게 간식
을 주곤 했는데, 물론 해소되지는 않았지만, 그런 행동

정도로 내가 느끼는 어떤 책임감을 해소하려고 하곤 했다. 그냥 외면했던 경우가 훨씬 많았지만 말이다. 그리고 집에 오면 강아지들과 산책을 하러 갔다.

나는 세 마리의 강아지와 아침, 저녁 총 두 번의 산책을 한다. 하지만 나이가 많은 쥬딩이는 수지와 부기가 뛰는 속도를 따라가지 못해서 따로 나가기 때문에, 특별한 경우를 제외하고는 하루에 총 네 번을 나가는 셈이다.

사실 도시에 살면서 반려견을 묶는 하네스 없이 밖을 다니는 건 쉬운 일이 아니다. 사람들의 시선도 시선이지만 그것 말고도 많은 위험 요소가 도사리고 있기 때문이다. 하지만 파주는 인적이 드문 공원이나 비어 있는 땅이 많기 때문에 도시보다는 훨씬 자유롭다. 특히나 이른아침과 늦은 밤에는 꽤 자유롭게 강아지들을 풀어놓고 뛰어놀 수 있을 정도로 사람이 없다.

작년 초겨울, 저녁 산책을 막 끝내고 편의점에 들렀다가 나오면서 하얗고 큰 개를 한 마리 만났다. 편의점 앞 인도 위를 걸으며 나무마다 마킹을 하고 있었다. 곁에 사람도 없었고 목줄도 보이지 않아서 조심스레 뒤쫓아갔는데, 느긋하게 산책을 즐기고 있는 것처럼 보였다. 나

는 편의점에서 산 치킨을 손에 들고 개에게 다가가 말을
걸었다. 나는 반려인이 없는 개를 만나면 이름을 붙여
부르고는 한다.

"순돌아."

순돌이는 가만히 서서 나를 쳐다보았다. 경계하는 것 같
기는 했지만 더 가까이 다가가지만 않으면 괜찮을 것 같
았다. 자세히 살펴보니 털이나 몸 상태가 괜찮은 듯했고
목줄도 보여서 반려인이 있는 것 같아 안심이 되는 동시
에 여러 생각이 스쳤다. 아무리 인적이 드문 곳이라지만
혼자 돌아다니기에는 위험한 곳이었다. 인도 옆은 바로
차도였고, 사람들이 개를 보면 놀라거나 신고를 할 수도
있었다. 목줄을 확인하려고 조금 더 다가가자 순돌이는
뒤로 물러섰다. 내가 치킨 살을 조금 떼어 내밀어도 다
가오지 않았고, 그렇게 뒷걸음질치다가 밭으로 빠지는
샛길로 도망쳐버렸다.

그후 간혹 순돌이와 마주쳤다. 처음 보았을 때처럼 느릿
느릿 여유롭게 걸으며 나무마다 다리를 쩍 벌리고 마킹
을 하고 있었다. 수지가 워낙 개를 싫어하는 탓에 산책
중에 만나면 제대로 다가가보지도 못하고 지나칠 때가

많았지만 조금 이상했다. 내가 보기에는 항상 비슷한 시간에 동네를 산책하는 것 같았는데, 늘 반려인은 없었기 때문이다. 혼자 산책하는 개들이 있다고 들은 적이 있긴 하지만 진짜 그렇다면 아주 위험한 상황이었다. 수지가 마구 짖자 순돌이는 우리 쪽을 잠시 쳐다보다가 또 논밭 사이로 사라졌다. 다음엔 따라가서 어떻게든 반려인이나 목줄을 확인해야겠다고 생각했다.

그후 두어 번 간식을 들고 혼자 동네를 돌아봤지만 만나지 못하다가, 어느 날 저녁 우연히 순돌이와 함께 있는 한 아주머니를 발견했다. 아주머니는 또다른 반려견과 함께 나란히 서 있었고 앞에 있는 순돌이에게 간식을 주고 있었다. 순돌이는 얌전히 앉아 간식을 받아먹고는 아주머니가 반대쪽으로 손짓을 하자 망설임 없이 뒤돌아 사라졌다. 나는 다급히 그녀에게 달려가 혹시 저 강아지 주인 되시냐고 물었다. 아주머니는 경계하는 눈빛으로 왜 그러냐고 되물었다. 나는 나 역시 반려견을 키우는 사람인데 요즘 저 개가 계속 혼자 돌아다니는 걸 보고 걱정이 돼서 묻게 되었다고 말했고, 그제야 아주머니의 눈빛이 조금 풀어졌다. 그리고 자초지종을 설명하기 시작했다.

"진돌이는(이름이 진돌이었다니!) 저 밭에서 키우는 개인데, 매일 묶어두기만 하고 산책은커녕 밥을 제때 주는지도 잘 모르겠어요. 주인이 집에 들어가는 시간이 저녁 여덟시 정도인데, 그때 내가 목줄을 잠깐 풀어주고 놀다 오라고 하는 거예요. 목줄에만 매어 있는 게 너무 답답할 거 같아서. 진돌이는 아주 똑똑해서 내가 풀어주고 애(다른 반려견) 산책시키다가 이제 집으로 들어가라고 하면 알아서 집으로 들어가요. 그럼 내가 다시 목줄 채워놓고."

아주머니의 이야기를 들으며 말문이 조금 막혔다. 대단하다는 생각과 나 자신이 부끄럽다는 생각과 또 한편으로 드는 걱정까지 여러 감정이 한데 겹쳐서 어떤 말을 해야 할지 잘 생각나지 않았다. 그래서 정말 대단하시다고, 그런데 사람들이 보면 놀랄 수도 있고 버려진 개라고 생각해서 신고할 수도 있을 것 같다고 말씀드리자 안 그래도 그걸 고민중이라고 하셨다. 나 역시 그 자리에서 더 할말은 없었기에 그냥 걱정되어서 물어봤다고 재차 말한 뒤 자리를 피했다.

그리고 일이 주쯤 뒤 날씨가 한창 추워졌던 날, 운동을 마치고 자전거를 타고 돌아오는데 저멀리 진돌이가 보였다. 진돌이는 아주머니와 함께 걷고 있었다. 아주머니가 원래 키우던 개와 같이, 하네스도 차고 말이다. 나는 절대 놓치지 않겠다는 마음으로(그동안 마주치기가 어려웠다) 미친 듯이 자전거를 몰아 아주머니 앞으로 갔다. 이제 같이 산책하는 거냐고 묻자 아주머니는 그렇다고, 주인도 괜찮다고 해서 마음 편히 매일 함께 산책한다고 했다. 나는 온라인에서 접한 이야기가 아닌 실제로 이런 좋은 일을 하는 사람을 만난 건 처음이라 사실 아주 감동했다. 그래서 정말 감사하다고 말했다. 외려 아주머니는 그런 나한테 오히려 감동한 것 같았다. 요즘 젊은이들 같지 않다며(?) 내가 좋아서 하는 일이라 대단한 일이라고 생각지 않는다고 했다. 난 사람들이랑 노는 것보다 개랑 노는 게 더 좋다고, 주변 사람들은 정신 나갔다고 하지만 이게 훨씬 좋은데 어쩌겠냐며 아주머니는 환하게 웃었다.

진돌이에게 조금이나마 도움을 주고 싶다고, 혹시 필요한 건 없는지 물었고 아주머니는 조금 생각하더니 크고

힘센 진돌이를 위한 단단한 하네스와 겨울옷이 필요하
고, 진돌이 집에 바람이 통하지 않게 보수를 했으면 좋
겠다고 말했다. 집 주변에 이불을 둘러놓기는 했는데 바
람이 다 들어가서 소용이 없다고.

그주 주말 지인과 함께 하네스, 옷, 그리고 두꺼운 비닐
과 수동 타카를 사서 진돌이를 찾아갔다. 진돌이의 집은
관리가 안 되어 엉망으로 변한 논밭 한가운데 자리를 잡
고 있었다. 집은 합판을 대강 이어붙여 만든 모양이었는
데, 공간은 넉넉했지만 허술하고 낡아 있었다. 논밭 주
변에 다른 개가 있는 것도 아니었고 더러운 밥그릇과 물
그릇, 그리고 진돌이만 달랑 있을 뿐이었다. 목줄로 묶
여 있어서 일 미터 이내로만 움직일 수 있었다.

묶여 있는 진돌이는 도망갈 수 없기 때문인지 경계심이
더 강했다. 조금만 다가가도 으르렁거리며 물려고 하는
탓에 하네스를 바꿀 수도 옷을 입힐 수도 없었다. 아주
머니가 얼마나 오랫동안 이곳에 들러 진돌이의 밥과 물
을 챙기고, 간식으로 경계심을 풀어주며 가까워지기 위
해 노력했는지를 짐작할 수 있었다.

하네스와 옷은 일단 집 옆에 두고, 가지고 온 비닐로 집

의 삼면을 꼼꼼히 덮고 테두리를 타카로 고정해서 바람을 막았다. 집 안과 주변을 정리하고 집 입구의 천막도 다시 단단하게 고정했다. 그리고 꽁꽁 얼어 있는 물에 뜨거운 물을 부어 녹이고, 가만히 앉아 우리를 보고 있는 진돌이에게 간식을 준 뒤 돌아섰다.

그날 이후에도 아주머니는 계속 저녁마다 진돌이와 산책했다. 나는 간혹 생각이 날 때마다 간식을 들고 진돌이를 찾아가거나 심장사상충 약을 발라주었고, 꽝꽝 얼어 있는 물을 녹여놓고는 했다. 물론 가끔이었다. 아주 가끔.

그리고 2월이 끝나갈 때쯤 진돌이 집 앞에서 아주머니를 만났다. 서로 안부를 주고받던 중 아주머니는 혹시 진돌이를 데려갈 수 있는 여건이 되냐고 물었다. 나는 그러고 싶지만 진돌이와 살기에는 집도 좁고 이미 강아지 세 마리와 함께 살고 있어서 더는 힘들 것 같다고 대답했다. 왜 그러시냐고 묻자 진돌이 주인이 봄이 오면 이곳을 떠난다고, 혹시 진돌이를 키우고 싶으면 데려다 키우라고 그랬다는 것이다. 아주머니는 내가 살던 빌라 건너편 아파트에 살고 있었는데, 이미 반려견이 있었고 여건상 진돌이를 키우기는 힘들다고 했다. 처음부터 그랬기 때문에 우리 둘 다 각자 가능한 선 안에서 진돌이를 돌본 거겠지만.

아주머니는 혹시 진돌이와 함께할 만한 사람이 있는지 좀 알아봐달라고 부탁하셨다. 만약 새 반려인을 만나지 못한다면 진돌이는 어떻게 되는 걸까. 원래 주인과 함께 떠난다고 해도 문제, 버려진다고 해도 문제였다.

그리고 얼마 후 진돌이가 있던 논밭에는 주택단지가 들어서기로 결정됐고 빠르게 땅을 밀어내기 시작했다. 기다란 잡초와 갈대가 잔뜩 있던 밭은 순식간에 황무지가 되었고, 그 가운데 숨어 있던 진돌이 집이 드러났다. 황량한 땅 위에 진돌이와 진돌이의 집 하나만 달랑 남았다.


## 상상

진돌이는 봄이 오기 전에 새 반려인을 만났다. 넓은 전원주택 마당에서 목줄 없이 뛰어놀며 행복하게 지내고 있다.


백세희

그랬다면 좋았겠지만 이 결말은 내 상상이자 바람이다. 나는 2월 말이면 새로운 곳으로 이사가야 했고, 주변에 진돌이를 맡길 만한 사람을 찾아보았지만 결국 찾지 못했다. 이사 준비와 다른 일이 바쁘다는 핑계, 그리고 이미 강아지 세 마리와 고양이 한 마리로도 벅찬 일이라고 합리화하며 진돌이에게 가보지도 않았다.

이사가기 며칠 전 사료와 간식, 뜨거운 물을 들고 진돌이를 찾아갔다. 아무것도 없는 굳은 땅 위에 여전히 진돌이와 진돌이 집만 있었다. 나는 아직도 진돌이와 친해지지 못했고, 그래서 함께 산책하지도 못했다. 나는 묵묵히 사료를 부어주고 물을 갈아주고 간식을 준 뒤 진돌이와 조금 떨어진 곳에 앉아 마지막 인사를 했다. 해줄 수 있는 게 없어서 미안해, 잘 있어. 안녕. 무책임하고 일방적인 인사였다.

그렇게 도망치듯 파주를 떠나 새로운 동네에 안착했다. 지금 사는 곳은 신도시라 새로 지어진 아파트들이 많다. 사람이 별로 없는 건 파주와 비슷하지만 가족 단위가 많고 반려견을 기르는 이들도 아주 많다. 아직까진 유기동물을 만난 적은 없지만 강아지들과 산책하다가 다른 강아지들을 만날 때마다 종종 진돌이 생각을 한다. 그러면 죄책감이 밀려들고 또 상상하기 시작한다. 이미 시간이 지나 되돌릴 수 없는 과거를 바꾸는 상상을 말이다. 상상 속에서 나는 지금보다 훨씬 정의롭고 생각대로 행동하며 추진력도 강한 인물이다. 나는 매일같이 진돌이를 찾아가 먹을 것을 주거나 집을 돌보고, 간식을 주며 친해진 뒤 아주머니와 번갈아가며 산책을 한다. 그리고 진돌이를 좋은 곳으로 보내기 위해 최선을 다한다. 아마 여러 방법이 있을 것이다. 내 SNS에 진돌이 사진과 상황을 적어 올리는 방식으로 새 반려인을 찾아줄 수도 있고, 내가 후원하는 사설 보호소에 보낸 뒤 평생 정기 후원을 할 수도 있다. 행동으로 옮기기만 한다면 진돌이의 새 반려인을 찾아줄 방법과 노력은 무궁무진하다.

하지만 나는 그 무엇도 하지 않은 채로 떠나버렸다. 고작 주변 사람들에게 알리고 물었을 뿐이었다. 이유를 묻는다면 할말이 없다. 변명할 거리도 없다. 그냥 내가 그정도였던 것 같다고, 아니 지금도 그 정도라고 대답할 수밖에 없을 것 같다.

## 우리는 손만 뻗으면 돼 ─────────

당연한 말이지만, 내 한계를 인정해야 나아갈 수 있다.
부끄럽지만 나는 오랫동안 많은 문제를 방관하며 살아
왔다. 내게 불편함을 주지 않고 나에게 속한 일이 아니
라는 핑계로, 눈에 뻔히 보이는 것들을 마치 없는 것처
럼 보지 않고 회피하면서 말이다. 그리고 그렇게 살다보
면 실제로 많은 것이 없는 것처럼 느껴지기도 한다. 점
자블록처럼 눈앞에 있었는데도 보지 못하거나, 유기 동
물처럼 눈앞에 있는데도 일부러 보지 않는 것처럼. 그렇
게 살면 편하기 때문이다. 눈을 감아버리면 삶이 꽤 심
플해진다.

하지만 이런 삶의 방식은 모래성처럼 쉽게 무너지기 마
련이다. 내게는 절대 일어나지 않거나 영향을 미치지 않
을 일 같은 건 없기 때문이다. 앞서 말했듯 나는 시각장
애에 무지했지만 녹내장에 걸리면서 한쪽 눈이 거의 보
이지 않게 됐고, 그러면서 더이상 시각장애와 무관한 사
람이 아니게 되었다.

유기 동물도 마찬가지다. 유기견을 키우게 될 거라고는

생각하지 못했고 책임질 자신도 없었기에 회피했지만, 그때 수지를 만나게 되었다. 수지와 함께하면서도 유기견 문제에 완전히 무감해지는 건 어려운 일이었다.

동물을 유기하는 사람들에 대해서는 구태여 언급하고 싶지 않지만 버려진 동물들과 같은 땅 위에 살아가면서도 느끼거나 인지하지 못하는 사람들, 그리고 나처럼 동물과 함께 살면서도 그들을 전부 책임질 수 없기에 회피했던 사람들의 몫에 대해 생각했다.

회사 다닐 때 봉사활동을 간 적이 있다. 가족이 없고 병든 노인들이 있는 병원에서 담당자의 지시로 조를 짠 뒤 할일을 분담했는데, 나는 노인들의 말동무가 되는 일을 맡았다. 처음 보는 사람한테 무슨 말을 해야 할지도 잘 모르겠는데 병상에 누워 있는 이들한테 어떤 이야기를 해야 할지 도무지 감이 잡히지 않았다. 나도 노인들도 어색하긴 매한가지였는데, 내가 한참 할말을 생각하다 용기를 내어 입을 떼자 누워 있던 할아버지는 내 말을 자른 채 그냥 대충 쉬다가 가라고 말했다. 민망해져서 주변을 둘러보니 다른 이들의 태도도 차가웠다. 담당자 말로는 매번 다른 봉사자들이 일회적으로 찾아와 똑 같은 일을 한 뒤 사라지니 노인들이 마음을 열지 않는다고, 살갑지 못하다고 했다. 당연한 일이었다.

수지를 만나고 난 뒤 유기 동물을 위해 내가 손을 뻗은 방식은 기부였다. 그리고 시간이 지나면서 이 방식이 '고작 기부'라는 생각이 들기 시작했다. 물론 금전적인 도움이 나쁘다는 건 아니지만 어쩌면 가장 쉽고 게으른 방법이라는 생각이 들었기 때문이다. 매달 정해진 날짜에 돈은 빠져나가지만 난 이 돈이 누구에게 어떤 식으로 쓰이는지 알지 못하고, 나조차도 점점 이 방식에 익숙해지고 무심해졌다. 나는 수지와 함께한 것처럼 내가 직접, 눈에 보이는 주체적인 행동을 하고 싶었지만 사실 두려웠다. 뭘 어디서부터 어떻게 해야 할지 어렵고 혼란스러웠고 그래서 시작하는 단계 자체가 힘들었던 것 같다.

그러던 와중 진돌이를 만나고, 진돌이를 돌보던 아주머니까지 만난 후에 마치 그 한 걸음을 뗀 기분이었다. 눈앞에 나타난 진돌이에게 다가가 손을 뻗은 게 주체적인 내 첫 시작 같았다. 하지만 곧 안일한 생각이었다는 걸 깨달았다. 계속 함께 있어주지 않는 한 모든 것은 일회성에 불과했다. 입양하든 임시보호를 하든 끝까지 책임지지 않을 거라면 쉽사리 다가가면 안 된다는 것을 이때 배웠다.

진돌이를 떠나오고 난 후 동물보호단체와 보호소에 하는 기부를 조금 늘렸고, 동물보호단체 카라에서 일대일 결연 방식의 기부를 하나 더 추가했다. 단체에서 구조한 동물 중 나이가 많거나 질병이 있는, 혹은 성격상 문제로 당장 입양이 어려운 동물들을 지속적으로 후원하는 방식이다. 직접 입양하지는 못하더라도 정기적으로 사진과 소식을 받으며 상태를 체크할 수 있고, 평생 돌보며 가끔 만날 수 있기 때문에 마음이 놓였다. 홈페이지에 들어가 후원할 동물을 고를 때는 몇 분의 시간도 걸리지 않았다. 내가 고른 장애견 '자람'이는 진돌이와 아주 많이 닮아 있었기 때문이다.

진돌이에 대한 죄책감을 덜 수는 없다고, 덜어서도 안 된다고 생각한다. 평생 떠올리고 되새겨야 할 실수나 잘못도 있는 거라고 여기면서 말이다.

아직도 눈을 감으면 진돌이가 떠오를 때가 많다. 그럴 때면 눈앞의 진실을 똑바로 보고 손을 뻗는 사람들, 더 나아가 좋은 방향으로 우리를 이끌고 손을 댄 무언가를 끝까지 지키고 품에 안으려는 사람들에 대해 생각한다. 우리는 눈만 뜨면 된다. 그리고 손만 뻗으면 된다. 이 일은 생각보다 어렵지 않다. 🐕

백세희

1990년 서울에서 태어났다. 『죽고 싶지만 떡볶이는 먹고 싶어 1·2』를 썼다. 강아지 세 마리, 고양이 한 마리와 살고 있다. 교통사고를 당해 구조되었지만 하반신 장애를 갖고 살게 된 개 '자람'이와 일대일 결연을 맺었다.

백세희

기르지 말자

이석원

# 1

그날 내가 서교동에 있는 카라의 사무실에 갔던 건 내 예전 매니저 때문이었다. 그는 근 이십오 년 뮤지션이었던 나의 마지막 매니저로 함께했던 이였다. 재작년에 내가 음악을 완전하고도 되돌릴 수 없도록 그만두었을 때 그는 말했다. 자기도 이젠 다른 일을 할까 한다고. 그는 예전에 가수 이상은의 매니저였고 그 외 수많은 뮤지션들을 케어해오면서 청춘을 보냈다. 나의 매니저일 때나 아닐 때나 언제나 음악 소리가 들리는 곳에서라야 만날 수 있는 사람이었다는 뜻이다. 그런데 그날, 마포구 서교동의 한 건물에서 만난 매니저는 마치 목장에서 방금 전까지 풀을 뜯다 나온 듯 생경한 모습으로 날 맞이했다. 반면 나는 예를 갖춘답시고 비싸고 좋은 옷에 좋은 모자를 쓴 채였는데, 하필 색깔도 다 시커메서 아이들이 스쳐지나가기라도 하면 금세 허연 털과 침 자국이 묻은 티가 날 것들이었다. 그렇게 나름대로 단장을 하고 갔건만 매니저는 물론 카라에 있는 어떤 이도 내 그런 옷차림에 눈길을 주지 않았다. 나는 건물에 들어서자마자 꽤나 당황스러운 상황에 직면하게 되었는데, 예상치 못하게 동물들이 십수 마리 몰려 있는 방으로 안내되었기 때문이다. 건물 입구에 있는 그 작은 공간에는 사람들로부터 버려졌다가 이제 막 새로운 보금자리를 찾게 된 아이들이 우르르 몰려다니며 활기찬 시간을 보내고 있었다. 난 동물들은 파주 더봄센터에 있고 서교동 건물은 그저 사무 공간인 줄만 알았기에 이런 상황을 예상치 못했었다. 때문에 방 입구에서 내가 들어서지 못하고 머뭇거리자 매니저와 카라의 직원들은 겁을 먹어서 그런 줄 알고 '일단 들어오면 애들이 진정할 것이며 절대 물지 않는다'고 나를 안심시키려 했지만, 내가 머뭇거린 이유는 그게 아니었다. 애들이 무서워서가 아니라 그저 내 비싼 가죽옷에 행여 스크래치라도 날까 주저되어서 그랬던 것일 뿐. 애초에 아이들을 만나게 될 줄 몰랐으므로 이런 차림으로 온 것을 스스로 비난하고 싶지는 않았지만, 뭔가 한심한 기분이 드는 건 어쩔 수가 없었다. 비싸고 좋은 옷을 입는다는 게 비난받을 일은 아니겠으나 당시 내가 입었던 옷들은 어쩌면 그즈음 내 삶의 공허함의 소산이었기에, 나는 그곳에서 의심 없이 자신의 일에 헌신하는 사람들이 부러웠다. 뭐 저마다의 속마음과 사정은 또 다를 수도 있겠지만 말이다.

2

우여곡절 끝에 방에 들어가 덩치가 큰 아이와 작은 아이, 붙임성이 좋고 활발한 아이와 낯을 가리고 경계가 심한 아이 등 여러 모습들의 개들을 보고 있자니, 사람 사는 세상이나 개들의 세상이나 별다를 바가 없다는 생각이 들었다. 이렇게 성격과 취향과 외양과 감정이 분명히 다른 개별적인 존재들이 사람과 어떤 차이가 있는지를 난 알 수 없었다. 눈앞에서 분주히 아이들을 돌보는 옛 매니저를 보면서, 난 우리가 함께했던 수많은 순간들이 불현듯 떠올랐다. 이천십년대 초반의 어느 페스티벌에서 내가 속한 밴드는 전체 한국 팀 중에 헤드라이너로 섭외되었다. 가장 많은 돈을 받고 가장 좋은 대우를 받으며 페스티벌의 가장 핫한 시간대에 무대에 오를 예정이었다. 그런데 그 중요했던 공연, 그러니까 티브이 출연을 하지 않는 우리에게 엘리베이터를 탈 수 있는 거의 유일한 기회였던 그 공연의 리허설에서 놀라운 일이 벌어졌다. 우리의 소리만을 전담하는 엔지니어가 한 시간도 아닌 무려 두 시간이나 늦게 오는 사태가 벌어진 것이다. 덕분에 어렵사리 확보한 리허설을 전혀 하지 못한 나는 열이 받아서 고래고래 소리를 지르다 가장 잘해야 할 공연을 가장 엉망으로 치르고 말았다. 음악이란 것이 결국엔 현장예술이기 때문에 아무리 치밀하게 준비를 해도 언제든 이렇게 급박하고 예상할 수 없는 일들이 벌어지곤 한다. 공연이란 한 번 한 번이 늘 전쟁이었고 그런 긴장 속에서 함께 총과 포탄을 맞는 전우였던 우리가, 이제 음악과는 상관없는 평화로운 공간으로 이렇게 순간이동을 해버렸다는 사실이 나는 생경하게 느껴졌다. 물론 이곳 역시 속을 들여다보면 남들은 상상 못할 어려움이 많이도 있겠지만 말이다.

"오빠, 이제 다른 층에도 올라가보시죠."

수천 명의 관객이 눈앞에 보이는 거대 공연장이 아닌 서울의 어느 동물보호단체의 건물 한 귀퉁이에서, 전장을 함께 누비던 매니저가 지금은 얼굴에 누런 사료 부스러기를 묻힌 채 환한 얼굴로 나를 부르고 있었다.

"아, 네네."

나는 가지 말라고 내게 달려드는 동물들 사이를 빠져나가면서, 목장갑을 낀 채 그 아이들을 하나하나 어르고 대화하고 눈곱을 떼어주는 매니저를 보면서 문득 깨달았다.

내가 이 털 달린 생물들을 내 생각만큼 사랑했던 건 아니었다는 사실을.

## 3

나이 오십을 바라보는 지금까지 거의 평생을, 나도 누구 못지않게 동물들을 사랑하였으나 단지 사랑하는 법을 알지 못했을 뿐이라고 믿어왔다. 그러나 동물들에 대한 사랑과 헌신 없이는 지탱될 수 없는 공간에서, 처음으로 그게 아닐지도 모른다는 생각이 들었다. 사랑하는 방법을 모른다는 자체가 그만큼 덜 사랑해서라는 걸, 사랑했으면 어떻게든 알아나갔을 거라는 걸 어째서 깨닫지 못했을까. 난 소유욕과 측은지심은 있었을지언정 진실로 그애들을 사랑하지는 않았던 것 같다. 그래서 평생 기른 개, 고양이 중 단 한 마리도 그애들의 생명이 다할 때까지 책임져준 적이 없었던 건 아닐까. 이제 와서 내가 할 수 있는 건 그저 나 같은 놈은 기르지 않는 게 도와주는 거라는, 염치없지만 그나마 현실적인 깨달음을 실천하는 정도일 뿐.

행동이, 지식이, 방법이, 자세가, 애정에 비례할 수밖에 없다는 간단한 사실을 나는 몰랐다. 온몸에 개와 고양이의 털과 냄새가 배어 떨어지지 않아도, 생전 검은 옷 같은 거 마음대로 입지 못해도, 심한 털 알레르기에 항히스타민제를 먹어가며 고생을 해도, 온 팔과 손에 아이들이 할퀴고 문 자국이 생겨 지워지지 않아도, 아이 탓은 절대 하지 않으며 그 모든 일들을 기꺼이 감수하는 사람들이 길러야 하는 것이 개, 고양이이며 그 마음이 바로 사랑인 것을. 그 사람들은 그런 자세로 애들을 길러야 한다는 걸 어디서 배우기라도 했을까? 당연히 아닐 거다. 누가 가르쳐주지 않아도 좋아하면 알아갈 수밖엔 없는 게 사랑이니까. 갖고 싶어서가 아니라 필요해서가 아니라 그저 아끼고 사랑하니까. 사랑하면 관심을 갖게 되고 관심을 기울이다보면 알게 되니까. 그러다보면 그 입장에 서게 되고 무엇이 그를 위하는 것인지 고민할 수밖에 없고 그러면 방법이든 요령이든 태도든 다 터득하게 되니까. 그런 거니까.

그래서 난 그날, 아이들이 다가올 때마다 마음은 너무 좋으면서도 몸은 티 안 나게 움찔거리며 행여 비싼 옷에 아이들의 흔적이라도 새겨질까 걱정하는 날 보면서, 내가 좋아서 반갑다고 달려드는 아이들을 마음 한편으론 곤란해하면서 깨달았던 거다. 나의 우선순위가 무엇인지를.

4

매니저를 따라 올라가본 카라 건물의 각 층 곳곳에서 동물들이 보호받고 있었는데, 어느 한구석 아이들을 위한 배려가 돋보이지 않는 곳이 없었다. 별 다섯 개짜리 호텔처럼 호화롭지는 않아도 그들을 위한 정성 하나만은 그 이상이었다. 건물은 깨끗했고 아이들은 저마다 맞춤한 보살핌을 받고 있었다. 물리적 공간이 우수하다기보다 그 안에서 만들어지는 이야기들이 아름다웠다. 그동안 티브이 등을 통해서 아이들이 구조되는 장면들만 보았지 그 이후의 모습은 보기가 어려웠는데 이렇게나 양질의 삶을 누리고 있는 줄은 몰랐다. 난 사서인 냥냥이의 허락을 받지 못하면 책을 볼 수 없을 것만 같은 '킁킁 도서관'에서, 영락없는 주인 행세를 하며 내게 눈길 한

번 주지 않는 아이들을 내내 해바라기하다 집으로 돌아왔다. 그리고 과연 내가 이 일에 참여를 하는 게 맞는 것인지 꽤 오래 고민했다. 처음 매니저로부터 동물들에 관한 글을 쓰고 아이들을 후원하는 일을 제안받았을 때엔 일말의 고민도 없이 오케이했었다. 좋아하는 아이들과 신세 진 매니저를 위한 일인데 무슨 고민을 하겠는가. 그런데 막상 그날 그곳을 방문한 뒤로는 선뜻 그러기가 조심스러워졌다. 내게 이런 일에 참여할 만한 자격이 있는지 회의가 일었던 것이다. 그러나 고민 끝에 결국 하기로 작정을 했던 이유는 이렇다. 세상엔 동물을 흠잡을데 없이 사랑하며 자신을 희생할 수 있는 사람들도 많지만 실제로는 나처럼 여러 면에서 아이들을 기르기엔 부족한데도, 단지 좋아한다는 이유만으로 개, 고양이를 기르는 사람들이 더 많을 거라는 내 짐작 때문이었다. 없는 사람이 없는 사람 마음을 안다고, 부끄럽지만 그 입장에 서본 내가 뭔가 해줄 말이 있을 것 같다는 생각이 들었던 거다.

# 5

동물들에게 언제나 부족한 반려인이었던 나는, 불행히
도 세상엔 나보다도 못한 인간들이 어쩌면 더 많을지도
모른다는 생각에 자주 힘이 든다. 여름이라 휴가를 가
야 하는데 봄부터 기르던 아이를 딱히 맡길 데가 없다는
이유로 그냥 길에 버리고 가는 행위를 그 어떤 무엇으로
이해할 수 있을까. 나로선 상상 자체를 할 수 없는 그런
일들이 가능하다못해 심지어 그렇게나 많이 벌어진다
는 건 무엇을 의미할까. 그런 사람들에게 '사지 말고 입
양하세요'와 같은 구호는 과연 의미란 걸 가질 수 있을
까? 나는 이러한 의문들과 더불어 자신은 개, 고양이를
좋아하며 함께할 준비가 되었다고 착각은 하지만, 실은
그렇지 못한 많은 이들에게 이 지면을 빌려 이 한마디
꼭 하고 싶었던 거다.

아이들을 기르지 말자고.

'사지 말고 입양하자' 뭐 그런 것조차 됐으니까

그냥 아예 기르지 말자고.

그게 그애들과 우리 자신을 위한 최선이라고.


6


너무 극단적이고도 단순한 발상 같지만 생각해보자. 당신은 혼자 사는 회사원이다. 집에 머무는 시간은 하루 아홉 시간 남짓. 당신이 외로움의 해소를 위해 들인 아이는 당신이 없는 그 나머지 시간 동안 홀로 좁고 답답하고 무서운 공간을 지켜야 한다. 답답해진 아이가 짖으니 옆집에선 항의가 들어온다. 당신이 있을 때 아이는 짖지 않으니 당신 역시 '우리 애는 안 짖는다'고 이상한 말을 하는 견주들의 대열에 합류한다. 그러다 정해진 수순대로 아이가 외로우니 아이의 친구를 만들어주자며 하나도 제대로 책임 못 지면서 또하나를 들여 둘을 만들고, 그 둘 사이에서 또 새끼를 받아 분양을 하고, 자기는 그러지 못했으면서 사랑으로 우리 애를 길러달라고 유체이탈도 해보고…… 그렇게 생명의 수는 오늘도 늘어간다.

우리 그러지 말자. 할 수 없이 들였으면 하나로 만족하고 어쩌다 두 마리가 되었으면 그래도 새끼 같은 건 보지 말고 어쩔 수 없이 보았으면 분양한 후 제발 다시는 기르지 말자. 제발 털 달린 생명을 이 땅에 더이상 태어나게 하지 말자. 자신의 외로움은 알아서 감당하고 신혼의 재미를 위해 강아지 들이지 말고, 대형견 한번 길러보고 싶은 욕망에 열여덟 평 아파트 살면서 말라뮤트 같은 애 들여가지고 무슨 에어컨 틀어주느라 전기세가 얼마가 나오느니 하며 되도 않는 무용담 같은 것 늘어놓지 말고, 개, 고양이에 대한 꿈과 로망 같은 게 있다면 웬만하면 버리자. 생명이 누군가의 꿈이나 로망이 될 수는 없다. 그렇지 않은가? 아이를 들이고 나서야 털 알레르기가 있는 줄 몰랐다는 무책임한 말 이제 그만하고, 그래서 고생고생을 하다 눈물 콧물 짜며 파양을 했으면 더는 기르지 말아야 하는데 이번에는 알레르기를 거의 유

발하지 않는 종이 있다며 또다른 애를 들였다가 또 문제
가 생기고…… 제발 이제 우리 이런 일들 좀 그만하자.
마음은 안 그런데 방법을 몰라서, 지식과 정보는 쌓여도
개념이 없어서, 동물은 물론 주변 사람들까지 힘들게 하
는 일들이 얼마나 많았던가. 그런 당신이 동물 기르는
스킬을 업데이트해가는 동안 그 과정에서 실험과 연습
의 대상이 될 수밖엔 없는 아이들의 고통을 헤아린다면
이제 그만 기르자.

기르지 말고 돕자.

아이들과 우리 자신을 위해서.


7


나는 그렇게 생각한다. 사람이 책임을 질 수 없는 대상
에 대해 가질 수 있는 최소한의 책임감은 애초부터 그걸
소유하지 않는 것이라고. 때문에 나처럼 동물을 좋아하는

하지만 한 생명을 책임지기에는 어딘가 부족한 사람들을 위해 내가 하는 두번째 제안은 말 그대로 기르지 말고 돕자는 것이다. 개와 고양이들에게 그들의 반려인으로서 나 자신이 어떤 사람일 수 있는지 어떻게 알 수 있을까? 스스로를 냉정히 돌아보면 된다. 소유에 관해 충동적인 경향이 있는지, 감정적인 편은 아닌지, 쉬 권태를 느끼는 타입인지, 오랜 책임감에는 지칠 수도 있는 사람인지.

나는 한 생명을 곁에 들여서, 그애가 생을 마감할 때까지 십수 년 동안, 줄곧 변치 않는 사랑으로 그애와 함께하고, 한순간도 그애의 존재를 부담스러워하거나 그애를 돌보는 온갖 자질구레한 일들을 귀찮아하지 않을 자신이 없다. 그럴 수 있다고 믿었던 적은 있지만, 난 그게 안 되는 사람이란 걸 이제는 안다.

그래서 반려동물이나 심지어 작은 화분 하나 없이 혼자 살아온 지 조금 되었다. 다만 기르지 않고 그저 도우려고 해도, 아이들을 돕는다는 것 또한 얼마나 신중하게 해야 하는 일인지를 말하고 싶다. 정말로 생명과 관계된 일이란 무엇 하나 쉬운 게 없다는 것을 절실히 깨닫게 해주는 한 못난 사람의 사례를 통해. 어떠한 과정을 거쳐 죽을 때까지 다시는 아무것도 기르지 않으리라 결심하게 되었는지에 대해.

8

십 년 전, 첫 책을 내고 나서 나는 생전 읽어본 적도 없는 소설을 쓰겠다는 허황된 생각에 사 년을 허비한 적이 있었다. 태어나서 읽은 소설이 채 열 권이 되지 않는 내가 쓰는 소설이 잘될 리가 없었고, 그래서 그걸 쓰는 동안은 끝이 없는 터널에 들어선 듯 암담한 시간을 보내야 했다. 문제는 길고 외로운 시간을 보내느라 또다시 고양이를 들일 생각에 사로잡히고 말았던 것인데…… 결국 종일 소설을 쓰다가 틈날 때면 온갖 불쌍한 애들의 사연을 찾아다니는 날들이 반복되었고, 어느 날 그 황당한 사연에 입이 다물어지지 않는 한 아이를 기어이 발견하고야 만 거다.

노란 빛깔의 털이 거칠고 꼬리가 짧았던 그애는 태어나
서 십팔 개월 동안 한 번도, 그러니까 단 하루도 케이지
바깥엘 나가본 적이 없다고 했다. 마침 쓰던 소설의 내
용이 뭔가에 갇혀 일생을 사는 사람의 이야기였기 때문
에, 난 태어나서 한 번도 세상 빛을 본 적이 없다는 그
가늠되지 않는 아이의 불행에 완전히 이입해버리고 말
았다. 무슨 일이 있건 그 아이를 구해야겠다는 생각뿐이
었다.

문제는 내게 심한 털 알레르기가 있었다는 것. 나는 그
털 알레르기라는 게 운이 좋으면 생기지 않을 때도 있다
는 것을 알기에, 요행 같은 행운을 바라며 '황태'를 데려
오게 되었다. 그러나 그 가여운 아이가 두려움과 낯섦에
떨며 품에 파고드는 순간, 내 두 눈은 마치 살아 있는 악
마처럼 시뻘게져버리고 말았고, 거울을 보다 놀란 난 큰
누나에게 에스오에스를 치기에 이르렀으니…… 달려온
누나에게 나는 갑자기 내 지난 사십 년간의 인생 역정을

구구절절 털어놓으며, '그러니 여차저차해서 내가 이 불쌍한 아이를 구해왔으나 도저히 거둘 수가 없으니 누나가 이 불쌍한 동생과 이 가여운 아이를 좀 도와줘야 하지 않겠냐'며 눈물까지 흘리며 생쇼를 했던 것이고…… 결국 그런 나를 보며 한심해 혀를 끌끌 차던 누나는 말없이 아이를 데려가 '너부리'라는 이름을 붙여주고는 지금까지 팔 년째 아이를 기르고 있다는…… 부끄러운 이야기인데, 만약 누나가 그때 너부리를 받아주지 않았으면 아이의 운명은 어찌 되었을까. 자기 앞가림 하나 제대로 하지 못하면서 그저 갇힌 아이를 구해주어야겠다는 철없는 일념으로 벌인 일을 생각하면 아직도 가슴이 철렁하기만 하다. 그러니 아이들을 돕고 싶어도 자신이 무엇을 할 수 있고 또 할 수 없는지 정도는 냉정히 파악해야 하는 것을, 나이를 사십 개나 먹도록 그 간단한 사실조차 깨닫지 못했으니 그런 나를 거쳐간 아이들은 얼마나 힘이 들었을까.

누나는 나 못지않은 털 알레르기의 소유자인데도 냥냥이들을 두 마리나 기른다. 어떻게 그런 일이 가능할까.

이석원

누나는 아이들과 함께 살기 위해 약을 먹을 만큼 힘들어
도 참아가며 기른다는 것이고, 난 처음이라 적응하는 시
간을 가지면 좀 나아졌을지도 모를 기회를 저버린 채,
그리 성급하게 죽겠다고 난리를 치면서 그렇게나 빨리
아이를 포기했다는 것이 우리 둘의 다른 점이었던 거다.


9


이제 마지막으로 누나에게로 간 너부리의 사연이 주는
두번째 교훈을 말하려 한다. 좋은 마음으로 행했던 일이
라도 얼마나 엄청난 결과를 초래할 수 있는지에 대해.
아이들에게 끝없이 죄를 짓는 이 죄 많은 인간의 역사에
대해.

누나에겐 너부리가 가기 전에 이미 '보노'라는 이름의
아메숏 아깽이가 한 마리 있었다. 그애도 실은 내가 조
카를 위해 선물한 녀석이었다. 누나네 집에는 먼저 살다
명을 다해 하늘나라로 간 '다롱이'라는 사랑스러운 냥

이가 있었는데, 보노는 다롱이의 부재를 조카가 너무 슬퍼하여 내가 수소문해 데려다준 녀석이었다. 그애는 거의 태어나자마자 누나네 집으로 들어와 홀로 사랑을 독차지하며 행복에 겨운 날들을 보내던 아기 고양이였다. 적어도 내가 그 진상을 떨기 전까지는. 왜냐하면 그 아이의 모든 기쁨과 행복이 나로 인해 깨어지게 되는데, 보노는 너부리가 새 가족이 되는 것을 처음 마주친 그 순간부터 팔 년이 지난 지금까지도 받아들이고 있지 않기 때문이다.

고양이가 있는 집에 새 고양이를 들인다는 게 얼마나 위험천만한 일인지는 알았지만, 난 그게 고령의 냥이에게만 적용되는 줄 알았지 그 어린아이한테도 해당이 되는 일인지는 꿈에도 몰랐다. 자기가 이 집의 유일한 귀염둥이이자 주인이라 믿어왔던 보노는 어느 날 덩치 크고 낯선 새 형제가 등장하고부터 제집처럼 활개치고 다니던 버릇을 거두고 오로지 너부리를 피해 구석구석에 자기만의 공간을 꾸린 채로 살아가게 되었다. 누나의 집을 찾을 때마다 침대 밑 구석이나 너부리가 닿을 수 없는 장롱 꼭대기 같은 곳에서 웅크리고 있는 보노를 볼 때면, 내 알량한 동정심 때문에 벌어진 이 광경에 몸서리치도록 후회가 되었지만 되돌릴 수 있는 건 아무것도 없었다. 보노는 자신이 누리던 걸 영영 잃어버렸고, 너부리는 너부리대로 자기를 질색하는 보노에게 상처를 받으며 지내야 했으니까.


10


내가 진심으로 두려운 것은, 이 모든 일들이 한 인간이 평생을 살면서 동물을 싫어해서가 아니라 오히려 좋아하기에 벌인 실수들이란 점이다. 단지 정보와 지식이 부족했던 탓일까. 잘 모르겠다. 내가 알 수 있는 건 그 동기가 아무리 선하다 해도 동물과 관계된 일은 정말이지 많은 상황들을 고려해서 신중하고도 신중히 결정해야 한다는 것뿐. 야생의 어린 동물들을 섣불리 구조하는 것이 부모와 떼어놓는, 사실상 납치가 될 수도 있다는 사실을 아는 사람들이 얼마나 될까. 얼마나 많은 사람들이 그러한 사실을 모른 채 그런 일을 행하고 뒤늦게 반성하며 알아가는 동안 얼마나 많은 아이들이 그 대가를 치를까. 그래서 내가 부끄러움을 무릅쓰고 호소하고픈 것은 아이들을 사지 말고 입양 하세요, 라는 슬로건도 좋지만, 차라리 어떨 때는 그냥 아예 아이들을 기르지 말자고 소리라도 치고픈 심정이 될 때가 많다는 거다. 이런 구호가 통할 리는 당연히 없겠지만 말이다.

## 11

이제 정말로 마칠 때가 되었다. 이 글을 쓰는 동안 나는 카라의 홈페이지에서 아직 입양처를 찾지 못한 한 가여운 아이를 '골라' 후원자가 되었다. 가능성은 크지 않지만, 그애가 입양을 가기 전까지 알량한 돈 몇만원을 매달 부치는 것이다. 원래 이 글의 취지는 그렇게 일대일 결연으로 맺어진 아이와의 사연을 쓰는 것이었으나, 솔직히 말하면 난 내가 선택한 그 아이를 처지가 비슷한 다른 아이들과 잘 구별 짓지를 못하겠다. 그 불행의 면

면이 너무도 참혹하여, 생명이 감당할 수 있는 한계선
이상의 일을 당해버린 아이들을 나로서는 도무지 개별
화하기가 어려웠다. 홈페이지에는 각각의 아이들이 겪
은 아픔이 상세히 소개되어 있었지만 내 보기엔 모두 다
그저 절대로 겪어선 안 될 일들을 겪은 아이들일 뿐이
다. 한쪽 눈이 없고…… 골반이 아작나서 걷지를 못하고
…… 잔인하게 버려져 사람만 보면 두려움에 떠는……
그런 아이들 중 하나를 '고른다'는 행위를 하는 자체만
으로도 나는 죄책감에 시달려야 했다. 그래도 어쨌든 모
든 애들을 다 도울 수는 없기에 한 아이를 선택할 수밖
엔 없었는데 그 아이의 이름은 '찐빵이'. 개도 좋지만 난
고양이를 너무 사랑하며 그중에서도 날 때부터 코에 국
물이 묻어 있는 고등어를 특히 좋아한다. 찐빵이를 닮
은, 내가 기르던 아이 코코가 그랬기 때문이다. 지금은
없어진 성남의 모란시장 그 지옥 같던 아수라판에서 겨
우 구해온 사랑스러운 아이를, 부끄럽지만 난 아직 추억
하고 있다. 주로 내가 못 해주고 잘못한 것들 위주로. 그
애가 날 얼마나 사랑하고 의지했었는지에 대해. 난 끝
내 그애가 생을 다할 때까지 책임져주지는 못했지만 그

래서 더더욱 또다른 애를 들이는 죄를 짓지는 않으려 한
다. 대신 기르지 않고 도우려 한다. 그게 내가 스스로에
게 내리는 그나마의 벌이며 아이들을 위한 길이라고 믿
기에.

부디, 나의 이 기르지 말고 돕자는 구호가 세상의 단 몇
명의 마음이라도 움직여서 아이들이 조금 덜 필요해지
고 조금 덜 입양되어서 결국엔 조금 덜 상처받고 조금
덜 버려지길. 그리하여 앞으로 내가 기르지 않고 도울
녀석의 이름은 찐빵이. 교통사고를 당한 채 길에 방치
되어 다시는 걷지 못할 것이라던 사람들의 예상을 깨고,
이제 막 다시 걷기 시작한 씩씩하고 예쁜 아이다. 여러
분들도 많은 관심을 가지고 우리 찐빵이를 지켜봐주길
바란다. 나와 많은 이들이 그 아이를 도울 것이다.

이석원
에세이스트. 『보통의 존재』 『실내인간』 『언제 들어도 좋은 말』 『우리가
보낸 가장 긴 밤』을 썼다. 심각한 교통사고를 당했지만 기적적으로 걷게
된 고양이 '찐빵이'와 일대일 결연을 맺었다.

# 개와 살며 들은 말

임진아

## "이제 여기는
    키키 집이 아닌가봐" ————————————

내 삶에 개가 있다. 언제부터 이 문장이 당연해진 걸까.
매일의 기쁨이자 삶의 이유가 되는 이 사실이 문득 새삼
스러워질 때가 있다. 한 지붕 아래에 동물과 함께 지내
는 생활은, 믿을 곳이 오직 나뿐인 한 생명을 매일 바라
보는 일이다. 누군가에게 나는 그런 존재다.
나에게 의지하며, 나의 집을 자신의 집으로 여기며, 나
의 움직임으로만 끼니를 챙길 수 있고, 내 생활에 맞추
어 밤을 보내고 아침을 맞이하며, 빈집에서는 나를 기다
리고, 함께 있는 순간에는 서로의 살을 붙이고 있는 작

은 존재가 있다는 것이 때로는 한껏 낯설어진다. 부둥켜
안고 있는 시선이 아닌, 방에서 가장 먼 천장 한구석으
로 도망가 멀찍이서 바라보게 된다. 그 시선으로 '키키'
를 내려다볼 때면 고개가 무겁게 느껴진다. 보통의 일이
아니다. 그만큼 쉬운 일이 아니다. 생명이 생명을 지켜
내며, 자신 또한 그 힘으로 살아가면서 점점 일상이 만
들어진다. 어느새 스며든 일상이 되면 새삼스러움을 잊
게 된다.

독립한 지 이제 겨우 일 년이 되었다. 그건 키키에게도
마찬가지. 지금까지 칠 년의 삶을 산 키키는 벌써 네 번
의 이사를 했다. 이것이 도시에 사는 개의 삶일까. 인간
을 따라 자리를 옮겨다니며 의외로 능숙하게 적응을 한
다. 잠을 잘 곳과 쉴 곳을 어느샌가 파악하고, 새로운 집
에서의 밤을 무심히 인정하고, 아침을 시작하는 템포가
오히려 사람보다 여유롭다. 그렇다면 구성원이 축소되
는 일을 겪으면 어떨까.
2018년 가을에 작은 집에서 둘만의 삶을 시작했다. 내
가 그렇게 만들었다. 온전히 혼자가 되기 위해 집을 나

오기로 작정하며 키키를 데리고 가겠다고 선언했을 때
가족들은 지체 없이 인정했다. 허락의 문제가 아니었다.
아빠는 앞으로의 심심함을 걱정했고, 엄마는 둘의 안전
을 바랐다. 실은 강한 어조로 내가 나에게, 곧 닥칠 나의
세계에 선포한 다짐이었다. 둘만의 살림이기에 가능한
건강한 삶을 그저 살고 싶었다. 허락은, 키키에게 받았
어야 하는 것인지도 모른다.

내가 먼저 집을 나온 후, 일주일 뒤에 키키가 왔다. 그때
키키는 '이게 무슨 일일까?' 정도의 반응을 보이며, 데
려다놓고 가버린 엄마를 기다렸다. 어색하지만 점차 둘
만의 시간에 적응하며 한 달 정도를 함께 지내다가 다시
본가로 키키 혼자 돌아갔다.
빈집에서 정말 혼자가 되어 아무도 받아주지 않는 공을
허공에 몇 번이나 던졌다. 그리고 일주일 뒤에 키키가
다시 나에게 왔을 때에 나는 그제야 내 삶의 강아지를
겨우 만난 기분이 들었다. 키키도 그랬을까? 어색함은
어느새 사라져 있고, 지금이 당연하다는 공기가 가득했
다. 그때 키키는 '그렇구나'라고 써진 말풍선 하나를 달

고 있었다.

며칠 뒤, 키키를 그리워하는 가족들은 또다시 본가로 키키를 데리고 갔다. 이게 얼마나 혼란을 주는 행위인지를 생각하지 못했다. 그저 얼마 전 새집이 빈집이 되는 일을 겪은지라 휘휘한 분위기가 꽤 잦아들었다고 느꼈다. 공은 그저 그대로 멈춰 있었고, 나는 나름대로의 하루를 살고 있었다. 그때 아빠에게 전화가 왔다.

"이제 안 되겠다. 키키가 계속 현관 앞에 앉아 있다. 이제 여기는 키키 집이 아닌가봐."

전화기 너머로 키키의 소리가 들렸다. 울부짖는 듯한 소리에 마음이 내려앉았다. 나를 부르는 걸까.

그제야 알았다. 개는 자신의 삶을 선택할 수 있다. 더 좋은 쪽을 당연히 감각할 수 있고, 원하는 것을 선택하기 위해 목소리로 표명할 수 있다. 잠을 제대로 이루지 못하며 이제는 내가 없는 방과 찬 현관 앞을 몇 번이나 들락거리는 모습을 보고, 부모님은 늦게나마 인정한 건지도 모른다.

다음날 키키는 나에게 돌아왔다. 이제는 새로운 작은 집이 서로에게 돌아올 곳이자 지금의 집이 되었다. 아빠,

실은요, 둘만 있을 때에 키키 귀에다가 속삭였거든요.

"키키야, 가서 네가 살고 싶은 곳을 말해, 알았지? 진아랑 산다고 말해."

키키는 내 말을 들어준 걸까. 아니다. 인간 또한 그렇듯, 동물에게도 각자에게 맞는 삶이 필요하다. 원하는 삶이, 그 누구에게나 있다. 나는 그 삶을 선택하는 개의 모습을 보게 된 것뿐이다. 땅 위에 존재하는 생명의 수만큼, 그 생명마다 마음에 품고 있는 방향이 있다. 각자 다르지만 희망의 결은 비슷할지도 모른다. 그저 일상이 되길 바라는 안전한 매일을 희망하는 일. 인간을 포함한 모든 생명이 당연히 바라는 내일이다.

전화기 너머로 들려온 키키의 소리는, 자신의 힘으로는 도무지 나아갈 수도 향할 수조차도 없게 되었을 때의 울부짖음이었을 테다. 그저 자신이 원하는 자리에 있지 못하는 것만으로도 한 마리의 개는 절규한다.

고민이라는 과정이 필요치 않은 선택. 가만히 두고볼 수 없는 상황에 대해 목소리를 냈고, 인간은 곧장 키키의 선택을 존중해주었다. 소리를 내주어서 얼마나 고마운지. 작은 개의 희망을 알아차릴 수 있어서 얼마나 다행인지. 알고 지낸 가족이 남아 있는 집도 때론 그렇게 변해버리는데, 절망이 그저 일상이 되어 평생의 자리가 되어버린 생명들은 어떨까. 작은 희망도 바랄 수 없는 경우가 이 땅 위에는 얼마나 차고 넘칠까.

똥장에서 남은 생을 버티며 죽음을 목전에 둔 개, 매일의 쉼터에서 갑작스레 쥐덫에 걸리는 고양이, 이색 동물 카페라는 명목으로 갇혀 있는 라쿤, 움직일 수 없는 공간에서 알만 낳으며 평생 살아야 하는 닭과 튀겨지기 위해 태어나는 닭, 동물원이라는 차단된 공간에서 일생을 보내야 하는 모든 동물들.

그리고 인간을 위한 맛으로 여겨지는 모든 살점들이 실은 그렇지 않을까. 어떤 희망도, 어떤 선택도 겪어보지 못한 울부짖음의 결말들을, 우리는 기분좋은 한 테이블로 마주하고 있는 건 아닐까. 생명은 결국 죽지만, 먹혀 죽기 위해 태어나는 생명은 그 어디에도 없다.

더이상은 기분좋게 육식을 할 수 없어졌다. 선택을 할 수 있다면 먹지 않게 되었고, 먹게 된다면 마음 깊은 곳에서 무거운 기도를 한다. 고기를 풀어 말하면 '식용하는 온갖 동물의 살'이 된다. 과연 이 단어가 그저 모두가 사랑하는 식재료이기만 할까. 고기가 있어야만 근사한 테이블, 고기를 먹어야만 완벽한 뒤풀이가 되는 걸까.

겨우 원하는 삶을 살게 된 키키로 인해, 그제야 희망을 저버린 수많은 생명들이 보였다. 멀리 날아가는 작은 새 한 마리에서 키키가 꾸던 희망을 엿보고, 주차된 차 밑에서 낮잠을 자는 길고양이의 표정에서 키키의 단잠을 떠올린다. 조금 다른 생명과 생명이 만나니, 서로에게 의지하며 배워간다.

내 삶에 개가 있으니, 생명을 위해 한번 더 생각하게 된다. 그에 대해 열렬히 행하는 일 하나가 분리배출이다. 개를 사랑하는 사람 치고 환경을 파괴하고 싶은 이는 없을 것이다.


둘만 살게 만든 일방적인 나의 선택에 대해서, 키키는 자신의 선택으로 손뼉을 쳐주었다. 낯선 집을 우리의 자리로 여기고, 생소한 거리에서 평소처럼 산책을 하며, 휑한 방에서 서로의 살을 붙이고 앉아 각자의 방식으로 쉬면서. 그렇게 지금을 인정하고, 서로에게 고마움을 표현했다. 사람이 먹는 음식을 나눠주는 것이 사랑이라고 여기는 세계에서 나와, 우리는 각자의 음식을 먹으며 서로의 식사시간을 존중해주며 지내게 되었다. 비로소.

매일 두 번의 산책. 산책을 마친 후에는 삼층짜리 계단을 올라야 한다. 누구보다도 그 사실이 당연하다는 듯, 우리의 현관으로 달려드는 키키의 기세 좋은 동작이 얼마나 고마웠는지. 실은, 갑작스러운 변화를 쉬이 인정하지 못하고 종종 울어버리는 건 나였다. 둘만의 지붕을 지켜내지 못할까봐 매일이 두렵다. 혹시나 키키가 자신의 선택에 조금이라도 실망할까봐 두렵다. 지금을 잃을까봐 두려워졌다는 것. 어떻게든 지켜내고 싶은 일상을 겨우 만난 사람이기에 가능한 두려움이 아닐까.

## "키키는 어떻게 만났어요?" —————

키키의 견종은 미니어처 슈나우저지만, 나에게 키키는 그저 키키다. 오빠가 지은 이름 럭키와, 엄마가 지은 이름 쿠키의 팽팽한 틈에서 묘한 신경전을 느낀 내가 멋대로 정한 이름이었다. 내 삶에 슈나우저가? 나 역시 한 번도 그려보지 못한 옆자리이다. 의외로 많이 볼 수 없는 견종이어서 그럴까, 주변 지인들은 종종 웃음 가득 머금고는 이렇게 말한다. "저번에 슈나우저를 봤는데, 키키인 줄 알았어요." 그 시선이, 그 말이 사랑스럽다. 나도 길에서 슈나우저를 발견하면 속으로 '키키다!' 하고 외친다.

이름을 정할 때만 해도 개와의 일상이 다시 시작되는 일이 버거웠다. 내가 중학생일 때부터 두번째 회사를 그만둘 때까지 함께 살던 개 '사랑이'는 열여섯 살이 되던 해에 눈을 뜬 채로 무지개다리를 건넜고, 몸안에 남은 기름과 수분이 모두 나의 이불에 스며들며 온몸이 딱딱해졌다. 나에게 5월은 아직도 차갑고 딱딱한 장면 그대로다. 그뒤로 가족 모두가 같은 마음이었다. 이제 더이상 개와의 완벽한 만남은 없을 거야.
그로부터 몇 해 지나지 않았을 때 갑작스럽게 키키가 왔다. 개와 만나게 된 무용담은 다양할 텐데, 나로 말할 것 같으면 원치 않는 만남에 가까웠다. 그래서 가끔 받는 질문이 때로는 어렵다.

임진아

"키키는 어떻게 만났어요?"

개에 대한 대화의 시작 같은 이 질문에, 나는 점점 불편함을 느끼고 있는지도 모른다. 내가 답할 수 있는 대답은 이렇다.

"오빠에게 생긴 슈나우저가 어느 날 갑자기 나의 집으로 옮겨졌어요."

정확히는, 오빠가 '선물'로 받은 생명이 키키였다. 키키라는 존재가 선물이라는 명분으로 옮겨졌다는 사실을 떠올릴 때면 뒤통수가 서늘하다.

오빠의 개가 결국 내가 사는 집에 오게 된 이유는 하나였다. 온종일 집을 비우던 오빠의 생활 패턴에는 이제막 태어난 강아지가 놓일 틈이 도무지 없었고, 내내 혼자 있던 그 어린 존재는 오빠를 보자마자 날뛸 수밖에 없었다. 집에 있는 내내 발을 뜯기던 오빠는 결국 참지못하고 개와의 일상을 원치 않는 사람만이 사는 집으로 보내게 된 것이다.

이제는 방문을 꽉 닫아도 되는, 밤새 화장실을 열어두지 않아도 되는, 현관을 열어놔도 되는, 과자봉지를 뜯으며 아무런 시선을 받지 않아도 되는, 물과 사료 그릇을 채우지 않아도 되는 생활에 익숙해지려는 찰나에 또다시 시작된 개와의 일상. 모든 장면이 지난 개에 대한 아픔으로 다가왔다. 그렇게 키키는, 환영받지 못한 개로 어린 시절을 보냈다. 하지만 키키가 이끄는 밝은 분위기에 온 가족이 자연스럽게 웃어 보이는 날은 의외로 빨리 찾아왔다. 지금은 어린 개로 살던 키키를 떠올리며 좀더 들여다볼걸, 기억해둘걸, 몸으로 하는 말을 제대로 들어줄걸, 하며 아프게 후회한다.

키키와의 만남에 대한 나의 대답은 이렇다.
"정말 많은 과정이 있었지만 다행히도, 지금 이렇게 같이 있어요."
자신의 부모 형제와 헤어져 선물이라는 아주 가벼운 경로로 옮겨지며 오빠의 집에 도착했고, 오빠는 자신이 할 수 있는 최소한의 태도로 본가에 개를 이동시켰다. 아찔하게도 그렇게 내 삶에 놓여 있게 되었다. 삶의 패턴이, 갖춰진 성격이, 피부의 건강 상태까지도 나와 똑 닮은 개를 또 만날 수 있을까 싶을 정도로 또 한번 완벽한 개와 삶을 살고 있다. 아마도 우리가 만들어낸 완벽한 일상일 테다.

그리고 키키와 언젠가는 이별한다는 것을 매일 감각하며, 보고 있지만 보고 싶은 마음이 매일 커진다. 알고 있지만 모른 척하던 마음을, 이제는 맑게 들여다본다. 그렇기에 우리의 매일은 늘 다행이다. 지난날 함께 살던 나의 개, 사랑이의 덕이 크다.

과거를 반드시 알아야 우리의 이야기가 시작되는 것은 아니다. 함께 있는 지금과, 앞으로의 이야기에 대해서 떠들고 싶다. 어떤 모습의 늙은 개가 되더라도, 어떤 아픔이 찾아오더라도 우리는 절대 함께일 것이라는 믿음을 개와 주고받는 게 요점이다. 태어나자마자 선물이 된 키키가 지금 내 곁에서 여전히 누군가에게 받은 선물이 아니듯, 지난날 유기견이었던 개가 여전히 유기견이었다고 불리지 않았으면 좋겠다. 힘들게 입양이 된 수많은 개들을 지켜보며 마음을 쓸어내리곤 한다. 정말 다행이라고. 하지만 겨우 지금의 삶을 만난 개들은 꽤 오랫동안 유기견이었음이 먼저 수식되곤 한다. 그로 인해 생겨난 성격이 있고, 살펴야 할 손길이 더해져야 할 때에는 무엇보다 선행되어야 하는 사실인 게 맞다. 하지만 지금은 우리 함께 안전하게 살고 있다는 것이 좀더 중요한 사실이 아닐까. 어떻게 키우게 되었는지를 묻는다거나, 그 대답에 맞게 개의 삶을 판단하는 태도에 대해서 생각해볼 필요가 있다. 개의 소개마다 아픈 과거를 명시하지 않는 것은 어쩌면 지금을 사는 개에 대한 존중이 아닐까. 아픈 과거가 있는 개이기 때문에 지금의 생활이 더욱 빛나는 건 아니다. 더는 유기라는 단어가 아이의 삶에 놓여 있지 않도록, 안전한 지금을 잃지 않게끔 매일을 지켜내는 일이 중요하다. 아직은 안전망을 얻지 못한 개들을 외면하지 않으면서 말이다.

거리에서 개와 함께 걷는 이들을 보면 마음 안쪽부터 웃게 된다. 그들이 지금 이렇게 함께 있다는 사실이 거리에 표시된다. 그런 지금의 연속인 내일을 향해 개가 먼저 걸어가다가 뒤를 돌아본다. "오고 있어?" 하며 웃어 보인다. 그 장면을 영원히 지켜보고 싶다. 나의 개의 삶과 그 시간을 영원이라고 부를 수만 있다면.
나는 키키와 함께 살고 있다. 이 문장에만큼은 내가 좋아하는 부사인 '아직'을 넣고 싶지가 않다. 끝내 지난 일이 될 문장이겠지만, 우리 모두 아는 순간으로 그 끝을 보고 싶다.

## "눈에 띄지 않게만 해주세요" ————————

혼자 살게 된 후 집과 작업실의 거리는 자전거로 십 분이다. 걸으면 이십 분이 조금 넘게 걸리는 것 같다. 키키를 데리고 다닐 생각에 조금은 들떴지만, 일하는 시간에는 분명히 떨어져 있기로 했다. 집과 일터를 함께 오가는 일상은 나라는 인간의 욕심일지도 모르겠다.

작업실은 각자의 방을 쓰는 일명 셰어 작업실의 형태다. 사층의 계단을 올라 내 방에 들어가면 키키는 그저 빈 의자나 담요 위에서 잠을 청하며 나를 기다린다. 게다가 실내에서는 용변 활동을 전혀 하지 않으므로 아무런 문제는 되지 않을 것이라 생각했다. 그래도 혹시 모르니 작업실 대표님에게 메시지를 보냈다. 매일은 아니지만 가끔 나의 개를 데리고 작업실에 출퇴근할 것 같다고. 곧장 답장이 왔다.

"네, 알겠습니다. 사람들 눈에 띄지 않게만 해주세요."

도착한 메시지를 바라보며 한참을 생각했다. 눈에 띄지
않게 한다는 것은 어떤 의미일까. 일층에서 계단을 오를
때에 다른 가구 사람들에게 보이면 안 되는 걸까. 작업
실 사람들이 보는 것만으로도 피해를 주는 걸까. 그 명
확한 의미가 무엇인지 찾을 필요는 없었다. 그저 개는,
동물은, 보통은 그런 존재다. '보통'이라고 쓰면서 마음
이 좋지 않지만.

작업실에 함께 있는 몇 시간 동안 좀처럼 일이 손에 잡
히지 않아 서둘러 어깨에 가방을 메고 키키를 안고 건물
을 빠져나왔다. 다행히 그 누구도 마주치지 않았다. 말
그대로 그 누구의 눈에도 띄지 않았다. 키키는 모르겠지
만, 지금 키키는 눈에 띄면 안 되는 곳에 있다. 그 사실
만으로도 미안해져서 도무지 아무것도 할 수가 없었다.
나는 수많은 뜰채를 준비해두고 곰곰이 생각하며 그 생
각들을 걸러냈다. 이내 충분히 그렇게 말할 수 있다고
생각했다. 정말로, 그럴 수도 있다고 생각한다. 얼마나
다르게 살아가고 있는지를 이럴 때에 겨우 알아챈다.

삶에서 단 한 번도 동물의 품을 느낀 적 없는 사람에게는 개도 고양이도 그저 알 수 없는 동물일 뿐이고, 무슨 일을 할지 모르는 대상일 뿐이다. 동물이 사랑스러운 존재가 되는 건 동물과의 경험을 열심히 축적한 사람만이 누릴 수 있는 감정일 것이다. 경험의 유무, 혹은 강도의 차이일지도 모른다. 그렇게 몇 겹의 이해를 하며, 개는 개로 있어도 되는 곳에 편하게 두는 것을 답으로 여겨버렸다.

그저 "신경만 조금 써주세요" 정도의 말이면 어땠을까, 하며 잠잠하게 생각을 떠올리다가 이내 지워버렸다. 기대 또한 욕심일지도 모른다.

서울 망원동에는 강아지 출입이 가능한 카페나 식당이 꽤 있는 편이다. 물론 동물 환영 점포 수와 동물의 삶의 질이 비례하진 않는다.

병원에 가기 위해 큰길까지 나온 김에 평소 함께 가고 싶던 카페에 방문한 적이 있다. 혼자 방문했을 때에는 단 한 번도 개를 본 적이 없었기에, 어떤 한적함을 누릴 수 있을지 모른다는 예감을 가졌다. 결국 나의 욕심이었고, 다시는 그곳에 갈 수 없게 되었다.

나와 키키뿐인 가게 안에서, 키키는 바닥에 앉아 있다가 나의 다리를 잡고 섰다. 산책을 했으니 의자를 더럽힐 수 있어서, 더러워져도 되는 내 바지에 키키를 앉혔다. 아무도 건들지 않으면 개는 조용하다(이는 사람도 마찬가지). 좋은 시간이었다. 몇 분가량만.

몇 분 후에 두 마리의 개가 카페에 들어왔고, 좁은 가게 안이 개로 가득찬 분위기가 되어버렸다. 키키의 세 배 정도 되는 개를 데리고 들어온 손님은 의자에 개를 앉혔고, 그 개가 의자에 펄쩍 오르는 것을 본 키키와 다른 개가 놀라 짖었다. 그에 대한 연속반응으로 의자에 올라온 개는 곧장 테이블을 넘었고, 커피는 사방으로 튀었다. 모든 개가 놀라버리는 상황으로 이어지며 짖는 소리가 멈추지 않았고, 키키의 심장이 빠르게 뛰었다. 나는 곧장 얼굴이 새빨개졌다.

나는 왜 여기에 온 걸까. 내 입에 커피 넣을 시간을 위해서 또다시 키키를 환영받지 못하는 대상으로 만들어버렸다.

두 명의 손님과 두 마리의 개가 돌아간 후에, 카페 사장님이 곁에 와서 키키에게 말을 걸어주었다. 조금 전까지 짖던 모습은 사라지고, 사장님 곁으로 가 이내 친화력을 내뿜는다. 사장님은 이렇게 말했다. 개를 사랑하기 때문에 개의 입장을 환영하는 곳으로 만들었지만, 이곳은 애견카페가 아니라고. 그렇기에 사람이 앉는 의자에 개를 앉히는 일은 하지 않고 있다고 말이다. 그 말을 하기도 전에 이미 개는 사람의 방석에 앉았다. 아무도 뭐라 하는 사람은 없었지만, 개들은 놀라버렸다.

"물론 저는 앉히고 싶어요. 하지만 기준은 개를 싫어하는 사람이 아니라 개를 잘 모르는 사람이에요."

개를 혐오하는 손님은 가게 주인으로서 막을 수 있지만, 개가 좋지도 싫지도 않은 사람의 수가 가장 많기에 기준을 그렇게 두고 있다고. 그 말 그대로다. 산책하며 만나는 낯선 사람들 대부분이 그렇다. 개에 대해서 모르는 사람들.

"많이 놀랐지."

자신의 냄새를 잔뜩 나눠준 후에야 키키의 목덜미와 턱을 쓰다듬어주던 가게 주인의 모습이 오래 기억에 남았다. 키키에게도 기억되면 좋겠다. 얼굴을 한껏 핥는 동안에도 그저 웃어준 사람이 존재하는 곳으로 남았기를.
그렇게 나의 일상을 만드는 목적으로 키키에게 새로운
일상을 부여하는 일은 더이상 하지 않게 되었다.


## "냄새나니까
## 개 데리고 오지 마요"

약자와 약자가 만나면 그 힘은 곱절이 된다. 곱해진 만
큼 약해진 단짝이 된다는 말이다. 삼십대 여성과 개로
곱해진 약자들의 산책길은, 아무렇지도 않게 말을 걸어
도 되고, 심지어 상식에 어긋났다고 여겨져 욕을 들어도
마땅한 대상이 되는 일이다. 누군가가 아끼는 정원에 내
개가 소변을 누거나 개의 대변을 내가 치우지 않고 그냥
가거나 하는 분명한 잘못을 저지르지 않아도, 그저 걷기
만 해도 이미 시선을 받고 있다.

매일 아침과 저녁에 두 번씩 산책을 한다. 실내에서 용
변 활동을 전혀 하지 않는 키키를 위한 최소한의 외출이

다. 햇빛 알레르기가 있어서 땡볕의 시간에는 산책을 할
수 없는 여름에는 최소 두 번, 선선한 날씨에는 종종 세
번까지 하고 있다. 이 말인즉슨, 매일 몇 번씩은 동네에
우리의 모습이 노출된다는 뜻이다.

집을 나오기 전에는 엄마와 산책 일을 분담했다. 오전에
는 엄마가 한다면 저녁에는 내가 한다든지, 함께 한다든
지, 각자 귀가 시간을 체크하며 그렇게 겨우 키키는 용
변을 해결했다. 하루는 늦은 저녁, 엄마와 동네 공원에
들어갔다. 벤치에 앉아 있던 노인이 우리 쪽을 쳐다보더
니 이내 날카로운 시선으로 고쳐 바라봤다. 나는 단번에
'또 시작'되었다고 생각했다.
"개는 들어오면 안 되는데."
혼잣말 같은 말에 이내 온몸이 바짝 긴장했다. 그러자
엄마가 웃었다.
"호호호, 우리 저기 앉자."
우리는 키키를 안고 있었고, 보란듯이 그 곁을 지나쳐
그네로 된 벤치에 앉았다. 그 노인이 뒤를 돌아보더니
이제는 혼잣말이 아닌 우리를 향한 말투로 소리를 쳤다.

마치 우리가 주제 파악도 못하고 입장했다는 듯이 쏘아
대기 시작했다.

"개 데리고 오면 안 돼요, 여기!"

엄마는 그네를 신나게 타며 웃었다. 그러곤 나에게 속삭
였다.

"엄마는 이제 저런 말 들으면 안 들리는 척해. 안 보이
는 척하고."

여성은 오십대가 되어도 여전히 약자이다. 삼십대 여성
과 오십대 여성 그리고 개가 더해지니 약자 파티이다.
노인은 웃어 보이는 우리가 얼마나 미웠는지 쉬지 않고
소리를 쳤다. 개로 인해서 공원이 얼마나 더러워지고 있
는지를 쏟아내며, 그 때문에 자신이 얼마나 괴로운지를
먼 거리에서 외쳤지만 엄마는 더 웃었다. 얼마나 많은
일들을 겪어내었길래 가능한 표정일지. 나는 묻지 않아
도 알 수 있었다. 개와 산책하는 사람으로서는 늘 같은
선상에 놓여 있다.

새로운 동네에는 본가의 동네보다 산책하기 좋은 골목
들이 많았다. 주택 위주로 이루어진 동네라 조용하고,

작은 공원들이 있고, 개와 산책하는 사람이 꽤 눈에 띄어서 왠지 안심이 되었다. 하지만 산책의 시작과 동시에 키키와 나는 또다시 말을 걸어도 되는 쉬운 애들이 되어 있었다. 키키가 자리를 잡고 배변하려 할 때면 팔짱을 끼고는 응시하는 사람이 나타난다. 나는 보란듯이 손에 배변 봉투를 들고 있고, 누구보다 빠르게 치워내지만, 치웠는데도 치우라고 하는 말이 돌아온다. 낯 모르는 사람이 나를 평소의 불만을 쏟아낼 창구로 삼는 순간은 셀 수 없이 많다.

"제발 똥 좀 제대로 치워요. 거 신경 좀 쓰고 삽시다. 어?"

고개를 숙이고 수거하는 중에 들은 한마디. 엄마의 성격이 나에게로 왔다면, 나는 아무렇지 않게 웃으며 그를 투명 인간 취급 할 수 있을 텐데. 혹은 아이고, 그간 많이 힘드셨죠. 왜 똥을 안 치울까요? 저는 늘 잘 치운답니다. 다음에 또 봬어요, 하며 웃으며 퇴장할 수 있었을 텐데. 더이상 둥글게만 지낼 수 없게 되었다. 좀더 날카로운 사람이 되어, 언제나 입안에 대꾸할 말을 머금고 다니고 있다.

"말 함부로 걸지 마세요. 똥 안 치우는 사람한테 말 거세요."

걸러내고 걸러낸 묵직한 한마디를 곁눈으로 건네며 퇴장할 때면, 뒤통수에 큼지막한 목소리가 꽂힌다.

"어디 아가씨가 말을 그딴 식으로 해!"

여기서 답이 나왔다. 아가씨로 보이는 존재이기 때문에 말을 걸 수 있고, 내뱉은 더러운 말에는 대꾸조차 하면 안 되는 대상으로서 이 거리에 살고 있다는 사실. 그 옆의 키키는 '왜 안 가? 아는 애니?' 하는 맑은 눈빛으로 나를 빤히 쳐다본다. 키키를 위해서는 아무도 없는 척하는 게 맞을지도 모른다. 역시 엄마가 옳다.

갓 나온 뜨끈한 키키의 응아가 담긴 봉지를 얼굴 쪽으로 내밀고는 큰소리를 내버리고야 말았다. 엄마, 나는 점점 웃음과는 먼 곳으로 가버리고 있습니다.

동네의 산책길에 이런 지뢰밭의 영역은 점점 넓어지고, 산책 나가는 시간은 점점 늦어져만 갔다. 모두의 거리에서 왜 점점 숨어 지내야 할까. 그리고 며칠 후, 별 탈 없이 산책을 마친 후에 마지막으로 들른 심야의 공원에서 또다시 시작되었다.

"저기 아가씨, 냄새나니까 개 데리고 오지 마."

시선을 받는 것만으로도 이미 입안의 살점을 꽉 깨문 상태였기에 곧장 대답이 나왔다.

"함부로 말 걸지 마세요."

이 한마디에 뜨거운 반응이 돌아왔다. 함부로 행동하는 사람에게는 함부로라는 말을 받아들일 여백이 없다.

공원을 가로질러 반대편 출구로 곧장 나갔다. 나무들에 가려지며 서서히 공원에서 벗어나는데 또다시 소리가 들렸다.

"다시는 오지 마. 지린내나서 죽겠어!"

그 말이 끝나기가 무섭게, 조용히 하라고 소리치며 퇴장했다. 그 지린내는 당신의 냄새입니다. 키키가 그저 개라는 이유로 호통을 듣는다면, 술 마시고 놀이터에서 노상방뇨하는 아저씨들 또한 단지 아저씨라는 이유만으로도 쫓겨나야 하는 것 아닐까요. 그렇다면 당신 또한 혼나야 맞죠. 말해주지 못하고 와서 내내 얼마나 후회스럽던지. 오빠와 아빠는 한 번도 겪어보지 못한 일이다. 곧장 집에 돌아와 화를 식히지 못한 채로 엄마에게 전화

를 걸었다. 함께 화를 내주며 나의 화를 조금씩 식혀주
던 엄마는 조심히 물었다.

"그래서 또 싸웠어?"

또 싸웠냐고 묻는 말에 이상하게 웃음이 나와 이내 화가
식었다. 피식 웃음을 내보내고는 말했다.

"싸웠냐니. 그냥 나와버리면 자기가 정의로운 일침이라
도 하는 줄 아니까 말해줘야지."

방문을 막는다는 건 혐오다. 큰 소리로 "나는 혐오하는
중입니다" 외치는 일이라는 걸 왜 모를까. 술을 먹고 놀
이터에서 아무렇지도 않게 소변을 보는 사람들은 그 누
구도 막지 않는다. 여성으로서 개를 데리고 다닌다는 건
사회에서 눈에 띄는 약자가 되는 일에 가까웠다. 엄마는
웃음으로, 나는 화로 맞서고는 있지만, 약자에서 벗어나
는 행동이 되진 않는다.

길에서 개가 보이면 개를 본다. 그러나 우선되어야 하는
행동은 개를 보지 않는 일이라고 생각한다. 개의 등장을
반기며 불쑥 다가와서는 무냐고 묻는 사람에게 어떻게
대답해야 할지 몰라 헤매고 있는데, 나에게 말을 걸었다

임진아

는 이유로 놀란 키키가 대뜸 짖어버렸다. "사나워라" 하며 지나친 사람에게 끝내 어떤 말도 하지 못했다. 마치 지나가던 사람이 대뜸 "저기 혹시 제가 무례한 말 하면 화낼 거예요?"라고 묻는다면 인상이 찌푸려질 수밖에 없는 것과 같지 않을까.

개에게는 개의 언어가 있다. 개의 언어를 알아챌 마음이 없다면, 자신의 소리 또한 강요하지 않는 게 맞지 않을까. 개와 함께하는 거리는 매 순간이 긴장의 연속이다. '아, 여긴 이렇구나' 천천히 적응하며 앞을 향해 걷는 개에게 갑작스러운 타인의 등장은 방해에 가깝다. 게다가 그 태도가 자극적이라면 개는 개의 언어로 표현할 수밖에 없다.

매일의 산책을 마친 후 우리는 한시름 놓으며 또다시 내일을 걱정한다. 누군가에게 나의 겉모습은 약자로 보이겠지만, 그 내면은 누구보다도 강해져만 간다.

어느 날의 산책길에서 "만져도 되나요?"라고 묻는 사람에게 웃으며 대답했다. 천천히 다가와달라고. 시선에 맞게 앉아 손등을 내밀자, 키키는 자신의 언어로 상대를 반겼다. 두 발을 낯선 이의 무릎에 올린 후 힘껏 꼬리를 치며 얼굴을 핥으려고 했다. 산책중인 개의 발을 더럽게 생각할까 겁이 나서 제지하려는 순간 달콤한 말이 다가왔다.

"괜찮아요. 너무 고마워요."

개의 환대를 기다려주는 이의 다정한 인사였다. 웃음을 머금고 집으로 돌아왔다. 그날 저녁, 아마도 키키 역시 비슷한 미소를 그리지 않았을까.

## "언젠가는 개와 살고 싶어. 근데 내가, 그럴 수 있을까"

고양이 세 마리를 키우는 친구가 있다. 집에 놀러갈 때마다 두 마리만이 나에게 다가온다. 한 마리는 한 번도 본 적이 없다. 고양이와 살아본 적이 없는 나는 고양이 식의 인사에 매번 설렌다. 8자를 그리며 오고 가 나를 꼼짝 못하게 하고, 얼굴 앞에 앉아 계속 만지라고 온몸을 비빌 때면 또다른 행복이 감각된다. 동물이 사는 집마다 그에 맞는 행복이 가득 들어차 있다.

하루는 친구가 말했다. 언젠가는 개와 살고 싶다고. 개를 좋아하는 남편이 종종 이야기하는 미래라고 했다.

"근데, 내가 그럴 수 있을까."

심야에 일을 하고 점심 늦게 일어나는 일과에다가, 바깥 업무가 많고 일정하지 않은 매일을 살고 있는 친구의 생활 패턴을 돌이켜보면 과연 그렇다. 게다가 그 일상을 단번에 바꿀 수 없다는 것을 누구보다도 잘 알고 있기에, 선뜻 그려볼 수 없는 미래였을 테다.

내 일과로 말할 것 같으면 키키를 중심으로 짜여 있다. 오전에 산책을 하면서 키키의 용변을 해결하고, 점심에 작업실로 출근을 하고, 다섯 시간이 넘지 않도록만 일을 하다가 집으로 돌아간다. 저녁 산책을 하며 키키의 용변을 해결한 후에 나의 밥을 차려 먹는다. 자기 전에는 힘껏 공놀이를 하고, 그저 얼굴을 마주보며 쓰다듬기를 잊지 않는다. 마무리하지 못한 일이 있다면 방안에서 노란 불을 켜두고 한다. 불을 끄지 않고 심야 내내 일을 하면, 키키가 몇 번이나 나를 째려보고 한숨을 쉬니까.

이런 나날을 매일의 당연한 일과로 살면서도, 나 또한 친구처럼 언젠가를 꿈꿨다. 언젠가는 큰 개와 지내겠다는 꿈. 묵직한 포옹을 나누고, 비슷한 크기의 얼굴로 뺨을 맞대고, 덩치에 맞지 않는 귀여운 눈빛을 가까이에서 지켜보고 싶다고 생각했다. 이 얼마나 인간의 행복으로만 꿈꾸는 내일일까.

개와의 삶을 겪으면서 함께 사는 행복을 느끼게 되었지만, 개와의 삶에서 우선되어야 하는 것은 그들의 행복이다. 그것을 알기에 SNS 피드로 올라오는 덩치 큰 귀여운 존재들을 보는 것만으로 만족하기로 했다.

그런 나에게 키키만이 아닌 또하나의 친구가 생겼다. 멀지만 가까이서, 매일의 곁은 아니더라도 꾸준한 마음으로, 그저 눈물만이 아닌 내일을 함께 살아내고자 힘을 보탤 수 있는 일대일 결연을 시작하게 되었다. 프리랜서로 지나치게 갈팡질팡하는 나날을 살며, 내가 할 수 있을까? 일단 의구심부터 떠올리던 시간이 꽤 길었지만 마음이 있을 때에 그 마음을 쓰게 되었다.

동물권행동 카라 홈페이지에서 일대일 결연 리스트를

차근차근 살폈다. 무겁지만 기쁜 마음으로, 아이들의 사연을 꼼꼼히 살펴보며 눈물을 참았다. 질병이나 장애가 있기에 입양이 어려운 아이들을 끝까지 돌보며 외면하지 않는 일에 기꺼이 손을 내밀 수 있다는 것. 그 방법이 그다지 어렵지 않다는 것이 얼마나 고마운지.

그렇게 나는 '포비'의 친구가 되었다. 친구가 생기니 나의 일상도 조금 더 긴장감이 생겼다. 아직은 포비뿐이지만, 더 많은 결연으로 내일이 되는 마음을 나누고 싶다. 키키에게 받은 행복으로 내 마음은 더없이 커져 있다.

만난 적은 없지만 다리 하나를 잃은 모습으로 누구보다도 씩씩하게 땅에 발을 딛고 있는 포비의 사진을 핸드폰에 저장해서 종종 들여다보고 있다. 그렇게 나의 개가 된 포비. 홍역이 완쾌되었다는 한 줄의 설명에 늦은 안도를 했다. 이렇게 멀리서 나의 삶을 살며 안도를 가져도 되는 걸까. 결연의 방법은 쉽지만, 마음 안에 개를 두는 일은 역시나 무겁다. 이 무거움을 한껏 받아들여야 한다고 생각한다.

고양이 세 마리를 키우던 친구는 어느 날 서울의 일상

을 서서히 정리하고 다른 지역으로 이사를 했다. 일 때문에 이 년 동안 서울이 아닌 곳에서 살게 된 것이다. 큰 결정이었을 텐데, 어느덧 친구의 일과는 확실히 변해버렸고 서울에서 볼 수 없던 편한 미소를 짓고 있었다. 일찍 일어나 일터에 가고, 일을 하다가 집에서 밥을 해 먹고, 한 시간가량 동네 공원을 산책한 후에 이른 저녁까지 일을 하는 삶으로 바뀌었다.

요즘 친구의 SNS 피드에는 넓은 공원 사진과 한적한 산책로 사진, 그리고 매일 그를 따라다니며 함께 산책하는 한 마리의 흰 개 사진이 올라오고 있다. 매일의 산책 친구가 생긴 것이다. 친구는 자신의 일과에 맞는 개와의 삶을 시작한 걸지도 모른다. 만나면 밥을 챙기며 건강을 살피고, 보이지 않으면 찾고, 동네 사람들에게 개의 안부를 물으며 그렇게 개가 있는 삶으로 걸어가는 삶. 친구는 흰 개에게 자신만이 부르는 이름을 지어주었다고 한다.

흰 개는 함께 산책을 하다가 멀리서 남성이 보이면 이내 도망가버린다고 한다. 이 모습에 우리는 흰 개의 사연을 대략 짐작할 수 있었다. 친구는 점점 한적한 곳으로, 사람이 드문 산속으로 길고 깊은 산책을 하게 되었고, 흰 개는 어느덧 친구에게만큼은 마음을 열어 함께 앉아 있게 되었다.

잠시 서울에 온 친구에게 키키 몫으로 샀던 간식을 한데 담아 전해주었다. 멀리 살고 있는 흰 개에게 작은 행복이 되었으면 하는 마음으로.

함께 살지 않아도 함께할 수 있다. 그간의 마음으로 이미 방향은 만들어져 있다. 인생은 생각보다 갑자기 바뀌지 않는다. 그간의 마음으로 조금씩 변해가고 있는 것 아닐까.

이제 막 친구가 된 포비가 그 방향에 서 있다. 포비도 키키처럼 뒤돌아 나를 바라보며 "오고 있어?" 하는 모습을 그려본다. 그 길에 그간 나를 챙겨준 수많은 동물 친구들이 함께 서 있다. 🐕

임진아

1986년 서울에서 태어났다. 작가이자 일러스트레이터로 다양한 출판물에 삽화 작업을 하였으며, 『빵 고르듯 살고 싶다』와 『아직, 도쿄』 등을 쓰고 그렸다. 열악한 환경에서 지내다 홍역을 앓고, 다리를 잃은 개 '포비'와 일대일 결연을 맺었다. 동물권 문제에 조금씩 다가가고 마주하면서 비로소 느낀 무거운 마음들이야말로 개인과 사회를 변화하게 한다고 생각하게 되었다.

길에서 태어난 것들에
대한 개인적 역사

김동영

## 고양이의 진화와 환경 적응 관찰기————

그들의 조상들은 일만 년 전에 등장해 차근차근 그리고 꼼꼼하게 진화해서 지금의 모습을 가지게 되었다고 알려져 있다. 내셔널지오그래픽의 집고양이 다큐멘터리를 보면 고양이가 본격적으로 사람과 함께 지내기 시작한 건 대략 삼천 년에서 팔천 년 사이로 보고 있다. 그렇다고 이걸 백 퍼센트 진실로 받아들일 수 있다는 건 아니다. 고양이가 언제부터 인류와 함께 살기 시작했는지에 대한 증거는 세계 여기저기서 계속 발견되기 때문에 함부로 단정 지어 말할 수 없다는 것이 학계의 공식적인

김동영                                               223

의견이다.

다큐멘터리에 따르면 현재 여섯 개 대륙에 육억 마리 고양이가 있는데 그중 사십 퍼센트가 안 되는 고양이가 집고양이로 인간과 관계를 가지며 살아가고 있고, 나머지는 혹독한 기후의 북극부터 고립된 갈라파고스까지 다양한 환경에서 독립적으로 살아가고 있다고 한다. 고양이는 다른 가축화된 동물들과는 다르게 자기중심적인 동물로 알려져 있다. 그들은 DNA 속에 야생성을 보존하고 있어서 집고양이가 집에서 나와 사람 손을 벗어난다면 야생화되는 데 육 주가 채 안 걸린다고 한다. 확실히 고양이들은 다른 동물들에 비해 독립적이고 처세술에 능한 유별난 존재다.

필리핀의 대표적인 관광지 보라카이섬에서 처세술에 능하고 유별난 고양이의 성격을 가장 잘 증명하는 가족을 볼 수 있다. 보라카이의 중심에 있는 D몰에 입점한 세계적인 프랜차이즈 맥도널드 앞에서 말이다. 그 고양이 가족은 '로널드'라고 불리는 광대 인형 가랑이 사이에 식빵 굽는 자세로 엎드려 있는 것을 즐긴다.

처음 그곳에서 고양이를 봤을 때 너무 이색적이고 신기

해 사진을 찍고 다가가 쓰다듬어도 봤다. 고양이는 도망 가지도 않고 그 자리에 계속 엎드려 있었다. 고양이 애 호가로서 생각해보면, 그곳은 많은 사람들로 하루종일 붐비는 주도로 쪽에 위치하고 있어서 고양이처럼 예민 한 동물에게 안전한 장소는 절대 아니었다. 하지만 그 고양이는 인간 세상의 분주함 따위는 모두 초월한 현자 처럼 그곳에서 온종일을 보내고 있었다. 처음에는 한 마 리라고 생각했지만 며칠을 지켜본 결과 적어도 네 마리 이상의 고양이들이 그곳에 머문다는 걸 알 수 있었다. 그들이 한번에 모이는 경우는 거의 없었다. 자신들만의 규칙이 있는 것처럼 그들은 정해진 시간에 순서대로 그 곳을 지키듯 엎드려 있었다. 밤에도 있을지 궁금해서 늦 은 밤에도 가봤고 이른새벽에도 가봤다. 며칠을 더 관찰 하고 알게 된 사실은 그들이 오전 여덟시부터 열두시 사 이에만 그곳에 머문다는 것이었다. 그리고 그들이 모두 가족이라는 것도 알게 되었다. 엄마로 보이는 누런 고 양이와 아빠로 보이는 흰 고양이, 그리고 그들의 새끼로 보이는 누렁과 하양이 적절히 배합된 무늬와 색을 가진 고양이, 온갖 색이 섞여 있는 작은 점박이 고양이도 나

김동영                                                    225

중에 만날 수 있었다

고양이 가족은 그곳에서, 그러니까 보라카이에선 이미 유명 인사였다. 많은 관광객들이 로널드의 가랑이 사이에 식빵 굽는 자세로 엎드려 있는 그들의 사진을 찍고, 자신들이 먹던 햄버거 패티나 너깃을 그들에게 선한 마음으로 줬다. 고양이 가족이 왜 그곳에 머무는지 대략 짐작이 갔다. 그들이 거기에만 머무는 건 순전히 먹이를 구하기 위해서였다. 그들이 여덟시에서 열두시까지만 머무는 건 그 시간에만 맥도널드가 영업한다는 걸 알고 있다는 사실을 증명하고 있었다. 그런데 왜 다 같이 모여 있지는 않는 걸까? 며칠 뒤 그 의문이 풀렸다.

가만히 지켜보니 그들은 두 시간 정도 그곳에 머물면서 먹이를 얻어먹고, 가족 중 다른 고양이가 먹을 수 있게 자리를 비켜주는 듯했다. 고양이 가족이 어떻게 그런 방법을 알게 되었는지 정확히는 모르지만 주변 현지인들의 증언에 따르면 그들이 나타난 건 적어도 이 년은 넘었다고 한다. 마지막 의문은 '그럼 이 가족은 밤에는 어디서 무엇을 할까'였는데 그것도 나의 끈질긴 관찰을 통해 풀렸다.

맥도널드 영업시간이 끝나 직원들이 매장 앞을 청소하기 시작하면 고양이들은 매장 담 쪽에 있는 좁은 골목으로 들어간다. 거기엔 맥도널드 건물 외벽에 붙은 나선형 계단이 있다. 그곳에서 고양이 가족은 계단에 한 마리씩 앉아서 잠을 자는 것이었다.

이 모든 걸 종합해 정리하면,

1. 그들은 지능적이며 인간이 느끼는 감정 중 동정심이 무엇인지 알고 있다.

2. 로널드 다리 사이에 있는 게 건물 앞에 있을 때보다 더 눈에 띈다는 걸 알고 있다.

3. 무리지어 있을 때보다 혼자 있을 때 더 사람들이 관심을 보인다는 것을 알고 있다.

4. 현지인들보다는 화려하게 차려입은 관광객들이 먹이를 준다는 것도 알고 있다.

고양이들이란 실로 대단하지 않나. 주변 환경에 따라서 자신들을 보호하며 생존하는 법도 충분히 터득하고 있었다. 고양이들은 여전히 진화중이며 그 속도는 인간보다 빠를지도 모른다.

몇 달 전 보라카이섬의 현지 친구가 전한 소식에 따르

면 고양이 가족은 여전히 그 자리를 굳건하게 지키고 있고, 내가 머물렀을 때보다 살이 더 쪘고, 털에선 윤기가 흐른다고 한다. 다음에 기회가 있다면 그 고양이 가족에 대한 자세한 후속 관찰을 해볼 예정이다. 많은 기대 부탁드린다.

## 도둑고양이 서곡

내가 아직 아이여서 할머니와 방을 같이 쓰던 어느 날, 새장에 기르던 앵무새들이 밤새 퍼덕거리는 소리를 듣다 잠이 들었다. 그때는 앵무새들이 왜 밤새 그렇게 울어대는지 몰랐다. 다음날 학교에 가려고 마당으로 나가보니 할머니께서 고양이 욕을 하며 새장을 치우고 계셨다. 할머니는 간밤에 도둑고양이 놈들이 할머니께서 애지중지 키우던 앵무새 두 마리를 잡아먹었다고 하셨다. 가까이 가서 새장을 들여다보니 안에 있어야 할 앵무새 한 쌍은 사라지고 그들의 발만 가지런히 남아 있었다. 지금 생각해보면 그건 참혹한 풍경이었을 텐데 그저 어렸던 나는 학교로 가서 그 이야기를 마치 큰 사건이 일어난 것처럼 과장해 말하며 수선을 떨었다. 그땐 이런 이야기들이 친구들 사이에선 먹혔다.

그렇게 몇 달이 지나고 엄마가 추석 제사상에 올리려고 새벽같이 일어나 쪄둔 수육이 사라지는 사건이 있었다. 우리 중에서 먹은 사람이 없었기에 사건은 미궁으로 빠질 뻔했으나 이내 도둑고양이가 범인으로 지목되었다. 그 증거는 찢겨진 파란 방충망이었는데, 조상님께 올릴 음식에 손대는 그런 파렴치한 짓을 할 만한 건 도둑고양이밖에 없다는 추측도 더해졌다. 나는 집 주위를 둘러보며 수육을 먹고 있을 그놈을 찾았지만 그 어디에서도 고양이의 흔적은 찾을 수 없었다. 그해 추석 제사상에는 수육이 올라가지 못했다.(조상님이 수육을 못 드셔서 마음이 상하셨는지 그해부터 우리집 가세는 기울기 시작했다.)

할머니는 전라북도에 전해지는 모든 욕을 그놈들에게 퍼부으셨고 당장 큰 개를 들여 도둑고양이들이 다시는 집에 얼씬거리지 못하게 해야 한다고 하셨다. 그리고 실제로 며칠 후 할머니는 동네 약수터 근처에 사는 친구분

에게서 강아지 한 마리를 데리고 오셨다. 그 개의 이름
은 '초롱이'였던 걸로 기억한다.

이런 일련의 사건 이후 고양이는 나에게 북쪽에 있는 공
산당 같은 절대 악으로 자리잡았다. 영원히 타도할 대상
이었다. 그리 오래되지 않은 그 시절, 지금의 길고양이
는 모두 도둑고양이라고 불렸다. 그걸 이상하게 생각하
는 사람도, 시비 거는 사람도 없었다.

## 아무리 도둑고양이라 할지라도───────

초등학교 때 살던 주택에는 벽돌로 쌓은 담이 둘러쳐
져 있었다. 그 담장은 옆집과 우리집, 그리고 골목을 가
르는 성벽처럼 단단하고 높았다. 도둑고양이들은 그 담
장 위로 동네 여기저기를 옮겨다녔다. 지금에 와서 생각
해보면 그때는 고양이란 걸 쉽게 볼 수가 없었다. 주인
없는 떠돌이 개들은 흔했는데 말이다. 어쩌면 도둑고양
이에 대한 나쁜 이미지들 때문에 고양이들이 사람을 피
해 가능한 한 눈에 띄지 않는 곳으로 숨어버렸는지도 모

른다.

그래도 그들은 우리와 가까운 곳에 존재하고 있었다. 가끔 창밖으로 들리는 앙칼진 울음소리나 마당에 죽어 있는 쥐를 보면 그들이 어딘가에 있다는 걸 알 수가 있었다. 엄마 말씀에 따르면 우리집에도 도둑고양이가 살고 있었다.

드라마 〈사랑이 뭐길래〉가 최고의 인기를 얻고 있던 겨울날, 연탄을 갈러 지하실에 내려갔다가 나는 그들과 처음으로 마주쳤다. 어둡고 눅눅한 냄새가 나는 지하실 한구석에 두 마리의 고양이가 이불 더미를 깔고 앉은 채 날 뚫어지게 바라보고 있었다. 나는 놀라서 손에 든 연탄집게를 휘두르며 그들에게 위협을 가했다. 그들은 그런 내 모습에 놀랐는지 잽싸게 밖으로 튀어나갔다. 그때 나에게 고양이는 나쁜 짓만 골라 하고 불길함을 상징하는 존재였으니, 쫓거나 멀리하는 게 당연했다. 고양이가 도망간 뒤 나는 그들이 있었던 곳으로 가봤다. 아궁이와 가까운 곳에는 누군가가 깔아준 솜이불이 있었다. 그 이불 안에서 뭔가가 꿈틀거리고 있었는데, 자세히 들여다보니 거기에는 아직 눈도 못 뜬 새끼 고양이 세 마리가 있었다. 그건 불길함의 상징인 고양이로 보이기보단 작고 순한 토끼나 다람쥐에 가까워 보였다. 그것들이 어미를 찾으려고 꿈틀거리고 있었다.

그중 가장 작은 검둥이를 품에 살짝 안아봤다. 작은 생명체가 전해주는 온기는 따뜻했고 작은 심장의 조심스러운 진동이 내 몸으로 전해졌다. 고양이를 만져본 건 그때가 처음이었다. 나중에 안 사실이지만 그 이불은 고양이가 우리집 지하실에 살고 있다는 것과 어미가 새끼를 배고 있다는 것도 이미 알고 계셨던 엄마가 깔아주었던 거였다. 조금이나마 아늑하게 새끼를 낳으라고 말이다. 그날 이후 나는 자주 지하실로 내려가 소리쳐서 어미를 내쫓고 새끼 고양이들을 품에 안았다. 비록 다 자라면 사람들이 내쫓아 마땅한 '도둑'고양이가 될 운명이라 해도 새끼들은 사랑스러운 생물이었다.

며칠 뒤 지하실로 내려가보니 내가 예뻐하던 검둥이는 딱딱하게 굳어 있었고 나머지 새끼들과 어미 고양이는 사라지고 없었다. 나는 엄마에게 그 사실을 알렸다. 엄마는 죽은 검둥이를 장독대 근처에 묻으셨다. 엄마는 내가 너무 새끼들을 괴롭혀서 그들이 떠났다고 하셨다.

"아직 추운데……"라고 말하며 나는 울었다.

사람이 만져 새끼 고양이가 손을 탄 뒤에는 어미 고양이가 더이상 돌보지 않는다는 사실을 그때의 나는 알지 못했다. 그저 내가 너무 만져서 검둥이가 죽었을 거라는 사실, 추운 겨울날 고양이 가족이 떠난 게 모두 내 탓이라는 사실에 자책했다. 이렇게 내게는 고양이와의 좋은 기억이 하나도 없었다.


## 가까워지고 싶어도
## 너와 함께할 수가 없어요 ────────

언젠가부터 고양이를 기르는 친구들이 늘었다. 그래서인지 자연스럽게 고양이와 마주할 기회가 많아졌고 그들이 내가 어린 시절 믿었던 불길한 존재가 아니라는 것도 저절로 깨닫게 되었다. 오히려 영리하고 절대 거부못할 매력이 가득한 존재라고 생각이 바뀌었다. 그렇다고 고양이를 길러볼 생각을 해본 적은 한 번도 없다. 고양이를 좋아하긴 했지만 키울 만큼의 애정은 없었고, 무엇보다 털 알레르기가 있어 털을 활화산처럼 뿜고 다니는 그들을 키우는 건 불가능에 가까웠다.

간혹 친구들 집에서 고양이와 삼십 분만 한 공간에 있어도 온몸에 있는 모든 구멍에서 물이 흘러나올 정도로 고양이 알레르기가 심했다. 이상하게 털뭉치인 건 마찬가지인 개는 괜찮았는데 유독 고양이와 함께 있을 때 알레르기가 심했다.

그렇지만 고양이에 대한 로망은 있었다. 내가 좋아하는 작가인 무라카미 하루키나 찰스 부코스키 책에는 고양이에 대한 이야기가 자주 나왔다. 그들은 마치 고양이에게 특별한 능력이 있는 것처럼 묘사했고 고양이는 대단한 존재여서 어떤 환경에서도 그 공간을 지배할 수 있는 것처럼 썼다. 그러니 고양이에 대한 관심이 커져갈 수밖에 없었다. 어떤 이유에선지 시간이 흐를수록 고양이의 인기는 더해갔고 많은 지인들이 고양이와 동거를 시작했다.

내 인생에 그녀와 그녀의 고양이가 등장한 것도 그때쯤이었다.

# 여자는 떠나고 고양이만 남았네

버튼을 누르면 자연스럽게 열리는 엘리베이터의 문처럼, 어느 날 한 여자를 자연스럽게 만났다. 그녀는 나보다 꽤 어렸지만 나이에 걸맞지 않은 성숙함과 우아함을 마치 태어날 때부터 지닌 것만 같은 고상한 사람이었다. 이 세계의 모든 연애가 다 그러하듯 처음엔 설렘이 있었고, 열정의 시간들을 지났고, 과도기를 함께 보냈다. 시간이 가면 갈수록 서로의 존재가 당연해져 함께 무엇을 해도 예전만큼 즐겁지 않았다. 제거하기 힘든 군살 같은 추억만 남아 있던 때였다. 그렇게 시간을 보내던 그때, 그녀가 새끼 고양이 한 마리를 주워왔다.

어미에게 버림받았는지 내가 살고 있는 집 옆 붉은 벽돌 빌라의 화단에서 혼자 어쩔 줄 모르며 떨고 있었다고 했다. 도저히 그냥 지나칠 수 없어 데리고 왔다고. 갑자기 들이닥친 고양이에 놀랐지만 그녀 품에 안겨 여전히 덜덜 떨고 있는 모습을 보니 어린 시절 우리집 지하실에 살았던 새끼 고양이들이 생각나 동정심이 생겼다. 그녀는 자기 집에선 기를 수 없으니 내가 잠시라도 보호해주면 안 되겠냐고 말했다.

나는 거절하고 싶었다. 우선 고양이를 키울 마음의 준비가 되지 않았었고 고양이털 알레르기도 큰 문제였다. 하지만 나와 눈도 마주치지 않으려고 눈을 내리깔고 겁먹은 얼굴로 떨고 있는 새끼 고양이를 보니 마음이 약해져서 결국 허락할 수밖에 없었다. 내 방에는 못 들여놓는다는 조건을 걸긴 했다. 그녀는 뛸듯이 기뻐했고, 신이나서 박스와 수건을 가져와 새끼 고양이의 보금자리를 만들고, 따뜻한 물로 수건을 적셔서 녀석의 몸을 정성스럽게 닦아줬다.

나는 가만히 서서 그녀와 녀석이 노는 걸 바라봤다. 저토록 좋아하는 그녀와 눈에 계속 밟히는 고양이를 보니 오만 가지 생각이 났다. 내가 할 수 있는 일은 어쨌든 당분간은 녀석과 잘해나가는 것이었다. 그래도 그녀가 시간 날 때마다 집에 와서 고양이를 돌보겠다고 해서 마음이 놓였다. 실제로 그녀는 그날 이후 너무 자주 우리집에 들락거리며 나보다 더 많은 시간을 녀석과 보냈다. 하지만 그녀가 집으로 돌아가고 나면 나는 녀석과 단둘이 지내야 했다. 솔직히 우리는 친하지 않았다. 정확하게 말하면 서먹했다는 게 맞을 것이다.

녀석의 이름은 '생강'이었다. 그 이름이 마음에 들진 않았지만 딱히 싫은 것도 아니었다. 사실 녀석이 머물기 시작하면서 생각해둔 이름이 있긴 했으나 그녀는 발음하기가 어렵다며 생강이라고 지어버렸다. 내가 생각한 이름은 좋아하는 책 『미국의 송어낚시』의 주인공 이름을 딴 '쇼티'였는데 말이다. 생강이는 말 그대로 쑥쑥 자랐다. 더이상 주눅들지도 눈치보지도 않고 온 집안을 자신의 영토마냥 돌아다녔다. 그래도 나는 내 방만큼은 생강이에게서 지켜내고 있었다. 그래서인지 고질적인 알레르기는 그리 심해지지 않았다.

고양이와 함께하는 생활에 서서히 익숙해져갔다. 고양이의 채워지지 않는 호기심과 나보다 깔끔한 성격, 그리고 고양이가 있고 없고에 따라 집안의 분위기가 얼마나 달라지는지 새로이 알 수 있었다.

생강이가 오고 나서 몇 달 후 나는 그녀와 헤어졌다. 이유를 간단하게 말하자면 내가 다른 여자를 만났다는 걸 그녀가 알게 되었고, 그녀는 배신감에 이별을 결심했다는 것이다.

김동영

외출하고 집에 돌아오니 집이 비어 보였다. 집안 여기저기 둘러보니 그녀가 그동안 집에 뒀던 자신의 짐을 다 챙겨간 듯했다. 면봉 하나까지 말이다. 그때 혹시나 하는 마음에 생강이를 찾았다. 그녀의 성격상 생강이도 데려갔을 게 분명했기 때문이었다. 아무리 불러봐도 녀석은 보이지 않았다. 역시 데려갔구나…… 하는 생각이 드니 우리의 이별이 더욱 실감이 났다. 갑자기 무기력해지고 쓸쓸해진 나는 침대에 누워 그저 눈을 감고만 있었다. 그때 얼핏 기척이 나서 눈을 떠보니 생강이가 내 곁에서 눈 한번 깜빡이지 않고 날 바라보고 있었다. 손을 내밀어 생강이 머리를 쓰다듬었다. 녀석은 기분이 좋은지 그르렁거렸다. 그 소리는 참으로 듣기가 좋았다.

그녀가 떠난 건 내 잘못이었지만 어쨌든 나도 위로가 필요했다. 나를 위로해줄 사람은 어디에도 없었지만 생강이가 내 옆에 있다는 것만으로도 큰 위로가 되었다. 생각해보니 그날이 생강이가 처음으로 내 방에 들어온 날이었다. 알레르기고 나발이고 다 상관없었다. 그날 나는 생강이와 함께 아주 깊은 잠을 잤다. 그녀가 떠나고 생긴 빈자리를 생강이가 채워줬다.

그렇게 그녀는 떠났고 그녀가 주워온 고양이만이 내게
남았다. 생강이는 내 인생에 있을 거라 상상도 못했던
나의 첫 고양이었다.

몇 주 후 그녀는 생강이도 데리고 가버렸다. 지금도 후
회하고 있다. 비밀번호를 바꾸지 않은 것을 말이다. 그
녀가 떠난 건 어떻게든 버텨낼 수 있었지만 생강이가 없
는 건 견딜 수가 없었다. 그녀에게 생강이를 돌려달라고
부탁을 해도 그녀는 싫다고만 할 뿐이었다. 혼자 몇 주
를 보내는 동안 고양이의 빈자리를 잊을 수 없어 나는
결국 큰 결심을 했다. 고양이를 입양한 것이다. 생강이
같이 버려진 새끼 유기묘였다. 이렇게 나는 고양이와 동
거하는 삶을 다시 시작했다.


## 거리에서 태어난 것들

티브이를 본다. 뉴스에선 충격적인 동물 학대에 대한 이
야기가 잊을 만하면 한 번씩 나온다. 아주 끔찍한 일들

이 우리와 가까운 곳에서 아무렇지 않게 일어난다. 골목
길이나 연립주택 단지에서는 '고양이에게 먹이를 주지
마시오'라고 적힌 경고 문구를 쉽게 찾아볼 수 있다. 그
걸 담담히 받아들이는 사람들도 있고 이런 생각을 하는
사람들에 분노하는 사람들도 있다. 아시다시피 우리가
사는 세상에는 다양한 사람들이 있다.

개나 고양이에 심한 알레르기가 있는 사람, 개나 고양이
를 식구보다 가까운 존재로 받아들여 그들 자신보다 더
사랑하는 사람, 길에서 태어난 것들이 인간이 사는 곳을
더럽히고 병을 퍼뜨린다 믿는 사람, 개와 고양이 모두
인간에게 해롭지 않으니 가능한 한 많이 돌봐주고 함께
살아가야 한다고 말하는 사람, 개와 고양이의 삶이 자신
과는 상관없는 일이라고 여기는 사람.

이렇게 다양한 사람들 속에서 길에서 태어난 것들은 그
들만의 방식으로 어떻게든 인간과 함께 살아가고 있다.
나는 고양이를 사랑하고
개도 사랑한다.
아니, 모든 동물들을 사랑한다.

나는 함께 사는 개와 고양이에게 내가 먹는 음식들보다 비싸고 영양가 높은 사료를 주고, 아프면 부랴부랴 병원에 데려가고, 매일 산책을 시키고, 평화롭고 안전한 환경에서 지낼 수 있도록 금전적으로나 인격적으로도 노력하고 배려한다.

그렇다고 그들을 나와 동등한 존재로 생각하는 건 아니다. 동물은 동물, 인간은 인간, 우리는 결코 같을 수 없다는 생각을 가지고 있다. 나는 내가 기르는 고양이와 개에게 관리가 필요하다고 생각한다. 나는 그들을 돌봐줘야 하는 대상으로 생각한다. 내가 그렇게 생각하는 건 이 세계가 인간 중심이고 그들이 이 세계에선 약자일 수밖에 없기 때문이다.

그래서 그들이 만약 문제를 일으키거나 주변에 피해를 끼치는 행위를 한다면 그러지 못하도록 주의를 준다. 그들이 이해하는지 모르겠지만 내가 그들을 보호하고 관리하고 있다는 걸 환기시키려고 한다.

물론 그들은 내 장난감이 아니다. 정확히 말하자면 나는 그들의 보호자다. 어쩌면 가족이라고 부를 수도 있지만 내가 생각하는 나와 그들의 관계는 보호 대상에 가깝다.

김동영

늘 생각한다. 인간과 동물이 사회에서 공존하는 방법에 대해서 말이다. 내가 내린 결론은 인간은 동물과 살 수 있지만, 동물은 인간과 살 수 없다는 것이다. 동물이 아무리 오랜 시간 인간에게 길들여진다 해도 DNA 깊이 박힌 야생성 때문에 인간과 함께 생활할 수 없다는 이야기를 책에서 읽은 적이 있다. 물론 가축화된 동물들은 인간이 필요할 수밖에 없지만, 좀더 넓은 의미로 보자면 동물들에겐 인간이 필요 없다. 그렇다고 어느 날 갑자기 인간이 모두 사라질 수도 없는 일, 요컨대 인간과 동물은 어떤 식으로든 관계를 맺고 살아갈 수밖에 없다는 것이다.

인간이 할 수 있는 최소한의 노력은 뭘까. 길에서 태어난 것들에 관심과 관대함을 갖는 것에서부터 시작하는 건 어떨까. 길고양이에게 먹이를 주는 것, 길 위에서 아파하고 고통받는 존재들에게 연민과 도움의 손길을 보내는 것. 내가 직접 할 수 없다면 보호단체나 그런 일을 하는 사람들에게 작은 도움을 보탤 수도 있을 것이다. 내가 모든 길거리에서 태어난 것들에게 도움을 줄 수는 없는 일이니.

체계적이고 전문적으로 그들을 돌볼 수 있는 곳을 찾던 중 카라를 알게 되었다. 카라에는 일대일 결연이라는 시스템이 있었다. 나는 잠 안 오는 밤이나 카페에서 누굴 기다릴 때 카라 사이트에 들어가 내가 눈여겨보고 약간의 도움을 주고 있는 아이의 소식을 확인한다. '피오나'라는 고양이인데 한쪽 눈이 보이질 않는다. 혼자서 산책도 못하고 배변 활동도 못한다. 나는 피오나를 직접 본 적은 없지만 기회가 있다면 피오나를 안고 산책을 시켜주고 싶다. 이것이 내 알량한 동정심일 수 있다는 것을 안다. 위기에 처한 동물을 후원한다고 천국에 가거나 나중에 보상을 받지는 않을 거라는 것도 안다. 그래도 어쩔 수 없다. 자기만족이라 하더라도 그것이 피오나에게는 실질적인 도움이 될 테니까.

인간에게는 공감능력과 연민같이 고귀한 마음이 있다고 나는 믿는다.

환경 다큐멘터리에서 볼 법한 '지구는 우리 인간이 아니라 이전부터 살아온 동물과 식물들의 것이기에 자연과 인간은 공존해야만 한다'라는 말은 사실 우리에게 너무 거창한 구호다.

김동영　　　　　　　　　　　　　　　　　　243

하지만 사실이기도 하다.

나는 사람들이 아주 조금이라도, 그리고 가끔이라도 길거리에서 태어난 것들에게 연민을 보여주길 바란다.

그들을 위해서……

아니, 인간 스스로의 가치를 위해서 말이다. 🐈

김동영

1978년 서울에서 태어났다. 주로 '생선'이라 불린다. 『너도 떠나보면 나를 알게 될 거야』『나만 위로할 것』『잘 지내라는 말도 없이』『당신이라는 안정제』(공저)『무엇이 되지 않더라도』를 썼다. 앞이 보이지 않는 채로 길에서 살다가 구조된 고양이 '피오나'와 일대일 결연을 맺었다.

# 다름 아닌 사랑과 자유
ⓒ 동물권행동 카라 2019

1판 1쇄 2019년 10월 18일
1판 7쇄 2023년 12월  1일

지은이 | 김하나 이슬아 김금희 최은영 백수린 백세희 이석원 임진아 김동영
책임편집 | 강윤정  편집 | 김봉곤 김영수
디자인 | 강혜림
저작권 | 박지영 형소진 최은진 서연주 오서영
마케팅 | 정민호 서지화 한민아 이민경 안남영 왕지경 황승현 김혜원 김하연 김예진
브랜딩 | 함유지 함근아 고보미 박민재 김희숙 박다솔 조다현 정승민 배진성
제작 | 강신은 김동욱 이순호
제작처 | 영신사

펴낸곳 | (주)문학동네
펴낸이 | 김소영
출판등록 | 1993년 10월 22일 제2003-000045호
주소 | 10881 경기도 파주시 회동길 210
전자우편 | editor@munhak.com
대표전화 | 031) 955-8888   팩스 | 031) 955-8855
문의전화 | 031) 955-3576(마케팅), 031) 955-2678(편집)
문학동네카페 | http://cafe.naver.com/mhdn
인스타그램 | @munhakdongne
트위터 | @munhakdongne
북클럽문학동네 | http://bookclubmunhak.com

ISBN 978-89-546-5812-6 03810

**www.munhak.com**

## 추천의 글

책으로 집을 지을 수 있을까? 보통은 상상에서 그칠 이야기지만 이 책만큼은 다르다. 한 사람이 이 책을 책꽂이에 꽂거나 선물하면 고양이와 개를 위한 튼튼한 집, 카라 더봄센터의 벽돌과 타일이 된다. 바람 한 줄기, 햇빛 한 시간, 잔디 한 뼘이 될지도 모른다. 이 책을 읽는 것은 작가들의 곁에 몸을 누인 생명들의 이름을 알게 되는 특별한 경험이기도 하다. 탐이, 콩돌이, 장군이, 봉봉, 마리, 황태, 키키, 진돌이, 생강이…… 아플 정도로 사랑해서 조용히 부르던 이름들이 우리에게 공유되었다. 사랑의 특성이 번지는 것에 있음을 이렇게 다시 배운다. 작은 숨에서, 작은 책에서, 작은 집에서 잔인한 저 세계로 번져나가기를. _정세랑(소설가)

사람 하나, 고양이 둘과 함께 산 지 칠 년이 넘었다. 내 생애 첫 고양이 토리도, 둘째 토루도 모두 가정 분양을 통해 인연을 맺었다. 두 아이들과 함께하는 해가 늘어갈수록 두 아이들을 향한 애틋하고 짠한 마음이 더 커져만 간다. 인정하고 싶지 않지만, 평생 함께할 수 없다는 걸 아니까. 우리 부부에게 토리와 토루는 반려동물이 아니다. '가족'이란 단단한 이름으로 묶여 있다.
책에 실린 여러 필자들의 이야기는 모두 제각각이지만, 전하고자 하는 메시지는 한 가지다. 귀엽고 예뻐서, 파트너가 좋아해서, 왠지 키우는 일을 잘할 것만 같은 기분이 들어서, 외로워서…… 이런 이유로 반려동물과 함께하는 삶을 '쉽게' 생각해서는 안 된다는 것이다. 평생 함께해야 할, 살뜰히 보살펴야 할 '가족'이므로, 강한 책임감을 갖고 온 마음을 다해 대해야 한다는 사실을 내게도, 당신에게도 다양한 목소리로 들려준다. _송진경(알라딘 MD)

우리 곁의 동물들은 인간들의 일방적인 착취 속에서 그저 조용히 죽어가거나 또는 순응하여 시선이 닿지 않는 뒷골목, 동물원 한켠에서 열악하게 살아간다. 그들을 존중하고 사랑함으로써 자유롭게 하는 일, 함께 살아가는 지혜를 발휘하는 일은 백 퍼센트 우리 인간의 몫이다. 카라에서 건립중인 더봄센터는 카라가 이미 구조한 동물들과 앞으로 구조할 동물들을 위한 공간이다. 동물들을 자세히 들여다'봄'으로써 그들을 더 잘 이해할 수 있고, 나아가 혹독한 겨울을 이겨낸 그들에게 따뜻한 '봄'을 선사해줄 수 있는 곳이 되길 희망한다. _임순례(동물권행동 카라 대표, <리틀 포레스트> 영화감독)